JN072206

音楽学校からメロディが消えるまで

須磨 光

SUMA Hikaru

文芸社文庫

目　次

1　退任挨拶　ホ長調 op.10-3

視聴覚教室のドアを開けると、大学の講義室を思わせる階段教室にはもう三〇人ほどが散らばっていた。一斉にこちらを向いた顔は女性ばかりだ。

お母さんたち、早いな。

「飯島さん」

声がしたほうを見ると、娘の後輩の母親がいた。

「春香さん卒業されたのに、今日はわざわざ大変ね」

いいや、最後のお仕事ですから。つくり笑いで会釈すると、譲《ゆずる》は二列目の左端の席に腰をおろした。

正面の五線譜黒板に大きな縦長の紙が貼られている。

〈平成三〇年度　岡田音楽院高等学校　保護者会総会〉

黒板下のステージにはオレンジ色のカーペット地が貼られていて、上を歩く足音や機材の音が響かない。そのステージ左端にどこかの教室から運び込まれた机と椅子が置かれ、これも仰々しく〈議長〉と書かれた紙が垂らされている。

この視聴覚教室のことを、先生も生徒も、そして保護者たちも「小ホール」と呼ぶ。音楽の単科高校らしいなと、いつも譲は思ってきた。秋の音楽祭で、ここは終日バイオリン科や木管科の生徒たちのリサイタル会場になる。オレンジ色のカーペットを見ていると、専科で取り組む楽器の腕前を披露した生徒たちの姿が思い浮かぶ。

それなのに……。

苦い思いを押しつぶすように、譲はスーツの内ポケットから取り出したスマートフォンのボタンを長押しして電源を切った。いまから始まる保護者会総会の議長を務めるのが、前年度保護者会会長・飯島譲の最後の仕事だ。

ごく簡単な開会の辞があり、譲が議長として承認されて議事を引き取り、新役員候補の名前を呼びあげて前に出てきてもらう。紹介された候補者への信任を問うのに応えてばらばらと響いた拍手が落ち着くのを待って、議長席の譲は議事進行の手順書を目で追う。

「ありがとうございます。平成三〇年度、岡田音楽院高等学校、保護者会役員候補者は、総会出席者の拍手をもって全員承認されました」

不思議なぐらい何事もなく、ト書きどおり、型どおりに進んできた保護者会総会。いいんだろうか、こんな保護者会総会で。

まるで、みんなが裏事情を知っているのに、誰も何も言わない、触ろうとしない、尋ねようとしない政治家の記者会見みたいだ。何か尋ねられた政治家が「適切に対処してまいりたい」といいも悪いも評価しようがない答えを返し、記者も「適切に対処とはどういう対処のことなのか」と再質問もなく引き下がる。自分があの記者会見の光景の一部になったような、嫌な気分がする。

この場に集まった七〇人ほどの人間のみんなが、あのことを知っている。

会員総数たった一〇〇人あまりなのに六〇人も出席している保護者たち、オブザーバーとして顔を出している教頭はじめ数人の教員や音学院の理事。それに、この場にはいない生徒たちだって知っている。

この岡田音楽院高等学校が、放っておけば三年後には、世の中から姿を消す。

ついさっき、来客対応中の校長に代わって挨拶した教頭も、来賓として挨拶した理事も、そのことにはほんのひと言触れただけだ。

「さまざまな道を探ってまいりましたが、募集停止のやむなきに至り、ご心配をおかけしております。しかし、今後のことは誠心誠意対応してまいりますからご安心ください」

「誠心誠意」に「ご安心」。本当に政治家の記者会見みたいだ。学校そのものがなくなると報じられたのに、それだけ？

だが、総会という場の雰囲気に気圧されたのか、保護者席から教頭や理事に質問の手が挙がることも不満の声が漏れることもなく、二人がどこかホッとした顔でステージを降りたのが一五分ほど前のことだ。

手順書にちらりと目をやると、譲は議事を進めた。

「議長を新年度保護者会会長に引き継ぐにあたり、わたくし飯島より前年度会長としてひとこと挨拶させていただきます」

そう言って立ち上がった譲は、スーツのボタンを留めながら息を吸った。革靴で歩いても足音のしない防音カーペットの上を舞台中央まで四歩半。音楽祭で生徒たちが次々に立ち、バイオリンやフルートを構えたのと同じ場所だ。

「私の子どもが入学してから三年間、岡田音楽院高等学校という小さなコップの中では絶えず嵐が吹き荒れていました。嵐に耐え切れなくなったコップはやがてひび割れし、中から水が漏れ出し、そしてとうとう三年後には最後の一滴が失われていくことになりました。皆さんご存じのとおりです。大変残念、いや、正直言うと無念の思いです」

岡田音楽院高校はこの平成三〇年度春で生徒募集を停止し、今春の新入生が卒業する三年後にはその歴史に幕を閉じることになった。そのことが地元の新聞に載ったのは、ほんの一週間前のことだ。

「岡田音学院高校　来春以降の募集停止　音楽の学び舎、『最終楽章』へ」

朝、地元紙を開いて紙面を見たとき、ほとんどすべての保護者が目を疑い、それを親から聞かされた生徒はそれぞれの家で口走ったはずだ。

マジで？

あの日、一〇六人ぶんの「マジで？」を聞いた気がしたあと、譲はリビングで広げた新聞に向かって舌打ちした。

何が「『最終楽章』へ」、だよ。

なまじ気の利いた見出しを付けられると、流れを止められなかったという思いが余計に募った。

その思いは、一週間経ったいま、ステージのこの場に立っても消えない。

「まずは、前年度保護者会の会長としてこのような結末に至る流れを止めることのできなかった力不足を、心よりお詫び申し上げます」

静まり返ってこちらを見ている保護者たちに頭を下げるとき、メガネの隅にうろちょろ立ち歩く人の姿が写り込んだ。オブザーバー用に置かれた壁際の会議用椅子から立ち上がった学校の理事と飛田教頭が、後ろの扉近くでひそひそ話している。すぐに教頭がその扉から出ていくのが見えた。

小走りで駆けていく姿が目に浮かぶ。行く先は、来客対応中の山本校長のところに決まっている。

　ヒダルマ先生。春香たちが付けた教頭のあだ名がふっと頭をよぎり、準備してきた原稿になかったことが口をついて出てきた。

「二年半あまり前まで新庄さんという方が校長をされていた時期、学校改革を目指してのこととはいえ、一部の教職員や当時の生徒に対するパワハラ、パワー・ハラスメントがありました」

　生活指導の強化と職員の規律の徹底、指導力の向上と学力向上。矢継ぎ早に学校改革の目標を繰り出した当時の新庄京子校長は、指導力不足とにらんだ教員を徹底的につるし上げた。そのやり玉にあがり、生徒の前で罵倒される憂き目に遭った一人が、いま廊下を駆けているに違いない飛田教頭、ヒダルマ先生だった。

「この新庄さんという方の改革の志が間違っていたと言いたいわけではありません。けれども、先生も生徒も全員がいきなり同じスタートラインに並び、一斉に同じペースで走りはじめられるわけではありません」

　当時何かにつけて罵倒されたヒダルマ先生も気の毒だったが、それだけではない。教員の中には退職を強要された人もいるし、成績不振を叱り飛ばされたショックで不登校になったという生徒までいる。

　そんなことがあったのだとステージ上で話したところで、ヒダルマ先生が戻ってきた。出て行ったのと同じ扉から入ってきた教頭は、その足でステージに上がってきた。

「飯島さん、時間の問題もありますので、ご挨拶はそのあたりで」

息を切らしながら耳打ちするヒダルマ先生の額に汗が浮いている。

「予定の時間内には終わらせますので、心配はご無用です」

譲は小声でそう言ってから話を続けた。何事も穏便第一の教頭には気の毒だけれど、いま自分が言わなければ誰も言わない、何も伝わらない。伝わらなければ、新入生の保護者は、入学したての学校がやがて廃校になるという不安だけ、やり場のない疑問だけを抱えながら我が子を学校に通わせなければならない。聞きたいことが聞けない型どおりの記者会見よりも、素朴な疑問を掘り下げるワイドショーのほうが大事なときもあるはずだ。

「辞めさせられた側に問題があったのだと言われる保護者もいました。しかし、どんな理由があれ、これは……」

話し続ける横に、ヒダルマ先生がまだ突っ立っている。

「飯島さん、この場でそういうお話はいかがなものかと」

「この場」だから話すんだよ。ここで話さずに、どこで話すというのだ。

「『この場』は保護者会の総会ですよ、先生。学校側が口を出されることではありません。保護者会規約は理解されていますよね」

口を開きかけたヒダルマ先生は、言葉を見つけられずに顔を赤くしてステージを降りた。

どこまで話したのだっけと天井を仰いでから、譲は言葉を継いだ。

「当然のことながら、そのパワハラを当時の理事会も問題視しました」

問題の新庄校長の解雇を検討しはじめた理事会。なぜ校長の学校改革を妨害するのだと理事会に噛みつく教員や保護者。こうして始まったコップの中の嵐は、風向きをあちらにこちらにと変えながら足かけ三年も続いた。その経緯を譲が振り返るあいだ、小ホールの保護者たちは楽器の独奏を聴く聴衆のように静まり返ったままだ。

「こうした騒動の末に理事会が生徒募集の停止を決めたのは、一週間前の新聞でご覧になったとおりです」

新聞には生徒数減少、経営難による募集停止だと書かれた。でも、本当は保護者と教職員、理事会が知恵を出し合って存続のために協力する余地はあった。音楽院高校の灯を消さずに済むなら当分は無給でもかまわないと言う教員までいたのだ。

だが、なぜか理事会はそんな声を振り切って、早々と生徒募集の中止を決めた。

いったい、なぜ？　誰が六〇年を超える歴史を持つ音楽院高校を潰したのか。

同じことを、譲は卒業したばかりの春香にも尋ねられた。

これって、結局、誰が本当のワルモノだったの？

ほんとに不思議だよなと答えながら、譲は春香の問いを頭の中で反芻する。

「結局、誰が音楽院高校を潰したのか……」

ワルモノなんかいなくても、人が作り上げたものを壊すのは意外に簡単なことだ。善意と熱意が過剰反応すれば、戦争だって始められるんだから。

生徒募集停止に至った経緯をあからさまに語る前年度保護者会会長の退任挨拶といい、横でおろおろする教頭の姿といい、新入生の保護者にはショッキングな保護者会総会に違いない。そうでなくても、入学後に募集停止を知らされた新入生とその保護者は「そんな！」という思いで一杯のはずだ。夢と希望を抱いて入学したとたん、あなたたちの後輩は入ってこない、君たちでこの学校はおしまいだ、と告げられたのだから。

「だからこそ、こんなことになるまでの経緯はお伝えしておくのが事情を知る者の務めだと思って、あえてお話ししました。でも、一年生の皆さんが卒業するまで、三年の時間が残されています。そのあいだＯＢ保護者はできる限りの応援を続けます。岡田音楽院高校に本当に存続の道、再生の道は残されていないのか。もしかしたら、何かできるかもしれない。これからも考え続けることをお約束して、退任のご挨拶に替えさせていただきます」

大小のホールがある建物と外来者用玄関のある旧館とは、一、二階それぞれが屋外の渡り廊下で結ばれている。総会の議事と退任挨拶を済ませてこの廊下に出て、譲は自分の体重が五キロは軽くなったような気がした。でも、何かを成し遂げてホッとしたのとは違う。自分の体のあちこちに隙間ができたような、頼りない気分だった。

一階の渡り廊下でスマートフォンの電源を入れようと内ポケットをまさぐっていると、一人のお母さんが「ありがとうございました」と控えめな声をかけて追い抜いて行った。顔に見覚えがないから、きっと入学したての一年生の保護者だ。

旧年度役員ご苦労さまという「ありがとう」なんだろうか。募集停止までの経緯を教えてくれて「ありがとう」なのだろうか。

それとも、と譲は思う。音楽の学び舎の「再生の道」を探りたいという自分の最後の言葉への賛同の意思表示、かな。

そうだといいな。

自分の夢想に少しだけ気をよくした譲は、メールチェックを済ませたスマホを内ポケットに滑り込ませて旧館に入る鉄扉のドアノブに手を伸ばした。

昭和五〇年頃に建てられた旧館は三階建てで、一階には校長室と職員室、事務室、それに会議室と小さな空き部屋が一本の長い廊下に面して順に並ぶ。廊下の端、小さな空き部屋のすぐ横が、いま譲のいる渡り廊下につながる扉だ。

そこから旧館側に入った譲の背中で、重い鉄扉が自然に閉まる。時代がかった音が廊下に響いた。

旧館の二階と三階には防音壁で仕切られた大小のレッスン室があるのだが、生徒たちの一般教室があるのは平成元年に増改築された新館のほうだ。そこでの授業を終えた生徒たちがレッスン室に向かうときには各階の廊下を通って直行するから、旧館の一階廊下はいつも生徒の出入りが少ない。おまけに保護者会総会があった今日はレッスン室での自主練習も禁止。出勤してきている職員も限られているから、一階はいつにも増して静かだ。

鉄扉が閉まる音の余韻が消える頃、譲はいつものように扉のすぐ横の壁に目を走らせる。

自分だけの秘密？　いや、秘密でも何でもないのだがと自問自答しながら、譲は閉まったばかりの扉のすぐ横の壁の一か所を見つめる。

灰白色の地味な壁は扉近くの塗装がところどころで小さくはがれたり、すり傷ができたりしている。ホールに搬入する機材を運ぶときにぶつけたりこすったりした跡だ。そんな塗装の汚れや傷の群れから少し離れたところに、三〇センチ四方ぐらいの妙なざらつきがある。でこぼこというには浅く、釘か何かで付けられた無数の引っかき傷が一か所に集まってできた壁のざらつき。その上から灰白色の塗装がかけられているのだから、この執拗な引っかき傷が付けられたのはずいぶん前のことだ。

斜めから眺めると、一群の引っかき傷の凹凸が光の加減で陰影を増す。あるところでは傷は密になり、黒ずんだ影のように見える。小ぶりのお盆ほどの範囲に刻みつけられた、規則正しい線の集まり。

廊下の端の天窓から入る五月の光にぼんやりと浮かび上がる、そのざらつきの陰影に譲は見入った。

壁に身をうずめてひっそりと息をしているのは、小さなバイオリンだった。

壁にうっすらと刻まれたバイオリンの線刻レリーフ。上から塗装されて線刻は浅くなり、陰影は淡い。ぱっと見には壁の傷みぐらいにしか思えないこの線刻に目を留めたのは、もう四年も前。この岡田音楽院高校のオープン・スクールの日だった。

2　オープン・スクール　嬰ハ短調 op.66

「あー、もうこんなこと考えなきゃいけない時期か。夏太のときもそうだったかな」

リビングのソファーにだらしなく座った譲が、ローテーブルから薄いパンフレットをつまみあげた。その横でテレビのリモコンをいじくっている春香の鼻から、「んー」という気のない相槌が漏れた。

薄紫色のパンフレットの表紙では、アニメタッチで描かれた中学生の男女が高校をイメージしたらしい建物を指さしている。

〈県内高等学校　オープン・スクール（学校説明会）、文化祭日程一覧〉。これから志望校を決めようという県内の中学三年生全員に配られる冊子。さっき自分の部屋から出てきた春香が、「これもらった」と言ってローテーブルに放り出したばかりだ。今春から近県の大学の寮に入った夏太が中三の頃も、似たようなパンフレットが配られたのはぼんやり覚えている。

「ちょっと、春香、あなたの進学先でしょ。お父さんに調べさせてどうするのよ」

妻の和美がソファーの後ろから小言を浴びせるが、鼻からまた「んー」と声未満の音を出した春香はリモコンをいじる手を止めない。

「いや、べつに調べてるわけじゃないよ。行くのは春香なんだし」

春香がどこの高校に行きたいのかも、聞いたことはなかった。譲にとって日程表は、今のところ、ただの県下の高校名リストにすぎない。

やっとテレビの録画予約を終えた春香は譲の手からパンフレットを抜き取ると、ソファーにどさっと背中を落とした。

「ねえ、あたしどこの高校行くの？」

「それはお前が」「あなたが」

夫婦の声が和音のように重なって、春香が笑った。

「だってさー、『やりたいこと』なんて言われたってわかんないよ」

通っている中学校で、三年生を集めて進路説明会が開かれた。さっきから眺めているパンフレットも、そのときに配られた資料のひとつだ。説明会で進路指導担当の先生が力説していたのが、「やりたいこと」なのだと春香はぼやく。その実現のためにどんな高校生活を送りたいか、どの高校だったらそれが可能か。

「よく家の人と話し合ってくださいだって」

パンフレットと一緒に渡された保護者向けプリントにも、同じことが書かれている。

「高校選びでそこまで考えろって言われてもなあ……」

世の中にどんな仕事があるのかも知らない中学生が、将来の展望から逆算して高校を選ぶなんて、ほとんどの子には無理というものだろう。だから夏太のときも、志望校を選ぶのに無理な理由づけは求めなかった。もっとも夏太は好きなサッカーの部活が充実している高校をさっさと選んだから、一緒になって考える暇もなかったのだが。

「でしょ、やっぱ無理だよ。得意な科目だって音楽ぐらいしかないんだし」

会話が娘のペースになりかけて、和美が慌てる。

「だけど、どこか決めないわけにはいかないいんだから」

「ま、フツウに頑張って北高とか？」

自分の成績を思い浮かべながら、春香は中堅の県立高校の名を口にした。

「岡田北か。オープン・スクール、いつだ？」

パンフレットを春香の手から取り戻した譲がページをめくるが、県立高校のオープン・スクールはほとんどが夏休み中の土曜日だ。

なんだ、まだ二か月も先じゃないか。

それなのにこんなに早く日程パンフが渡される理由を、日程表を眺めているうちに思い出した。六月に文化祭が予定されている学校がけっこうあるのだ。それと、理由はもうひとつ。私立の高校にはゴールデンウィーク前後からオープン・スクールを開催しはじめるところが多い。

受験者数や入学者数は学校経営に直結するから、早めにPRを始めて志望者を増やしたいのだろう。学校経営もビジネスだもんな。そう思いながら私立高校のページを眺めていると、各校の紹介写真に登場するのは美少年、美少女ばかり。モデルも使っているんだろうな、と、譲は自分が立ち上げたコンサルタント会社のパンフレットづくりのときのことを思い出した。好印象を持ってもらうための投資。どこも事情は似たようなものだ。

思い思いに好印象を振りまいている各校のページをめくっているうちに、春香が「得意な科目」と自称する〈音楽〉の文字が目に飛び込んできた。

「へえ、音楽専門の高校ってのがあるんだ」

「みしてー」

春香がまたもやパンフレットを譲の指の間から抜き取ってページに見入った。

「『岡田音楽院高等学校は全国でも珍しい音楽の単科高校です』。ねえ、タンカって何?」

「一般の高校は普通科。いろんな科目をまんべんなくやるけど、この高校は音楽中心のカリキュラムになっていますってことだろ」

「えー、『のだ〇』みたーい」

春香が口にした漫画の名前を、実は譲のほうが先に思い浮かべていた。音楽大学が舞台で、ピアノ専攻の女子大生がヒロイン。天性の才能を持つのだが、ちょっと変人でもある。このヒロインと同じく天才肌の指揮者志望の学生との恋の行方、そして二人の音楽家としての成長が描かれた力作だ。数年前にドラマ化されてヒットしたときは家族の誰ひとり見向きもしなかったのに、いよいよ受験学年になるという時期になって春香がはまり、和美が道連れになり、最後に譲が陥落したばかり。ちなみに譲はラストまであと二巻だ。

「やっぱ、あんな感じなのかな」

あんな感じ、と春香が言いたいことは譲にも想像できた。それぞれの楽器や声楽のプロを目指す音楽家の卵が集い、ライバルがいて恋人がいる。天才がいて、一流がいて、その下には大勢の上手な人がいる音楽の学び舎。

いや、まて。あれは大学の話だろ。

「こっちはまだ高校だから、ここを出てからああいう音大を目指そうっていう子が、三年間かけて実力をつけようと思って集まるんだろうな」

「だいいちね、あなたみたいに小さい頃から練習嫌いの子が、そんなに長いこと……」

母親が冷や水を浴びせようとするのを制するように、春香は手をひらひらと振った。

「わかってるって。でも、面白いね、音楽ばっかの高校」

「まあ、どんな学校だろうとは思うわよね。レッスン室とかあるのかしら」

自分の楽器ケースを抱えた生徒たちが、校内をうろうろしているのだろうか。レッスン室の前を通ると、一心不乱に楽器練習する仲間の姿がドアの小窓から見えたりするのだろうか。校内のどこかから、神業かと思うようなピアノが聞こえてきたりするのだろうか。

娘ばかりか両親まで例の漫画のシーンを思い浮かべて好き勝手な想像をして盛り上がるのも、この高校に進むことなどあり得ないと思っていることの証ではあった。

オープン・スクールの開催日欄には、〈五月一七日（土）・校内見学可〉と書かれていた。説明会は午前一〇時からだから、終わってから校内を見て歩いたらちょうどお昼だ。

「南岡田駅の近くだろ。あのへんにうまいレストランがあるから、ランチを兼ねて遊びに行ってみるか」

さっきまで名前も知らなかった岡田音学院高校のオープン・スクールに行くことが、こうしてばたばたと決まった。ほとんどピクニック気分、ただの野次馬だった。

生徒玄関でスリッパに履き替えて廊下を歩いた。

「なんか、フツウだよね」

春香が並んで歩く母親にささやく。たしかに、何の変哲もない普通の学校の校舎に見える。春香の言葉に無言でうなずいた和美が、すぐ後ろを歩く譲のほうを振り返った。

「ここ、女子高？」

他人に聞かれるのをはばかって小声だ。

え、と、譲は言葉に詰まった。そういえばさっきから女子生徒にしか会っていない。校門前に並んで「おはようございます」と挨拶しながら玄関のほうを指し示してくれた生徒たちも、生徒玄関で学校案内の資料類を渡してくれた受付の生徒たちも、みんな女子生徒ばかりだった。

「いや、だけど、違うだろう。バイオリンだってフルートだって、男のプロ、大勢いるだろ。でも、どうなんだろ、自信ない」

譲の返事もささやくような小声だ。思いつきで参加したオープン・スクール。この学校のことをろくに調べもせずに来てしまったことが、さすがに後ろめたい。

そう思ったとき、廊下のずっと先から若い男の声が聞こえた。

「段差があるのでお気をつけくださーい」

廊下突き当たりの曲がり角に、男子生徒が立っているのがちらちら見える。それを見て和美が納得したようにうなずいた。

その突き当たりの段差を上ると、廊下は左に向かって伸びていた。さっきまで歩いた明るい校舎と打って変わって薄暗く、壁の色も廊下の床の色も違う。廊下の右にはそれぞれの部屋から古びた木製のプレートが突き出し、「校長室」「職員室」「会議室」と書かれている。その先に一つだけ何も書かれていないプレートが突き出した空き部屋らしい一室があり、それを過ぎると鉄扉が外に向かって開け放たれている。

「こちらにお進みください」

鉄扉の脇に立った女子生徒が手招きする。鉄扉が開け放たれた先には屋根付きの渡り廊下が延び、その向こうには、屋根や窓に洋風建築じみた意匠が施された大きな公民館じみた建物が見えた。

「雨、あがったかな?」

外に出る手前で立ち止まった春香の独り言に、案内の女子生徒が答えた。

「屋根あるんで、傘なしで平気ですよ」

あ、どうも、と春香が会釈した。

「ちょっと待って」

後ろで和美が脇に寄って、自分の傘から抜け落ちかけたビニール袋をずりあげた。学校にたどり着くまで外は雨だったから、玄関でビニール袋に入れた傘を持ち歩くのが少々わずらわしい。一緒に脇に寄った譲は、鉄扉の横の壁にも「大ホールはこちらです」という矢印付きの大きな紙が貼られているのを見た。これからその「大ホール」

とやらで学校説明会だ。

目を離しかけたとき、その貼り紙のすぐ下の壁が妙にざらついているのに気づいた。たちの悪い落書きの跡？　相合傘とか、「○○参上！」とか。そのいたずら書きを取り繕うために上から塗装したのだろうか。譲は顔を近づけて壁に見入った。

廊下の端っこで壁とにらめっこしたまま大ホールに向かおうとしない譲に気づいて、何があるのよと近寄って同じように壁を眺める春香と和美。アンダンテで三拍分くらいの間を置いて、三人が異口同音に声を上げた。

「バイオリンだ！」

それは落書きだけれども、「いたずら書き」ではなかった。描き手は息を詰めて筆を、いや、釘の類を動かし続けたに違いない。バイオリンを斜めから描いた線刻レリーフ。渦巻き模様が施されたクロワッサンのようなヘッドから棹が伸び、溶け込むように楽器の胴につながる。その胴体には微かなふくらみがあり、側面のくびれがバイオリンらしい輪郭を作っている。

バイオリンって、こんな風に胴がふくらんでいるんだ。

よどみのない曲線は、間近にバイオリンを見続けたものでなければ描けないだろう。これをスケッチブックに鉛筆で描くだけでも大変だろうに、壁に細かな引っかき傷を重ねて描ききった人間のこだわりと腕前は並ではない。だいいち人目を盗んでこれだけの細工をするんだから、それは毎日少しずつ鉄格子を削る脱獄囚のような作業だ。

よく見るとそのバイオリンには、いくつか描き足りないものがあった。まだそのバイオリンには、四本の弦が張られていない。それにバイオリンを奏でるためになくてはならない弓も添えられていなかった。

「『未完成』交響曲だね」

無理やり音楽にこじつけてから、譲は心の中で首をかしげた。

不思議な気がする。

こんなところに線刻レリーフを落書きした生徒がいたことが、ではない。これまで何度となくこのレリーフを目にしてきたに違いない歴代の何十人もの先生たち、職員たちが、これを消さずにきたことが、である。

レリーフの上からは周囲の壁と同じ地味な灰白色の塗装が施されている。それなら、いっそ塗装前に業者にサンドをかけてもらえば、きゃしゃな線刻などわけもなく削り取れただろうに。

わざと？

3　新生音楽院高校　変ホ長調 op.22

大ホールの舞台そでから中央に歩いてきた大柄な女性が、桜色のスーツ姿の両腕を翼のように広げた。

「ようこそ、岡田音楽院高等学校へ！」

まるで紅白歌合戦か何かの振り付け、いや、音楽の高校なのだからオペラのプリマドンナ風と言うべきなのだろうか。すぐ前の席で、春香と同じ中三の女の子が「なにあれ」と言って母親と顔を見合わせた。

つい数分前まで、大ホールは清らかなコンサートの会場だった。ピアノ科とバイオリン科の在校生がステージで前触れもなく協奏を始めると、それまでのホールのざわめきはスポンジに吸い取られたようにかき消え、静寂の中に二つの楽器の音が響いた。譲にはそれがどれほどのレベルの演奏だったのか、本当のところはわからない。だが、オープン・スクールの会場にいるのを忘れ、どこかのクラシック・コンサートの場にいるような気持ちになりかけたのは譲ばかりではなかったはずだ。数曲の演奏が終わって割れるような拍手がしばらく続いた。

こうして音楽に清められた空気を、翼を広げた「ようこそ」が一転させた。翼の主は大ホールに向けて語りかけた。

「皆さん、今日は傘をお持ちですよね」

傘？

唐突な言葉にホール内の親子たちは、足元に置いた傘を確かめるように下を向く。

「でも、ご覧ください」

え？

今度は一同が一斉に顔を上げる。ステージの女性は、左右両手の指先をホール左右上方の明かり取りの窓に向けた。両方の手のひらを上に向けて軽く握り、人差し指だけをはかなげに伸ばすしぐさは、これまた紅白風だ。ホール全体の視線が、指の示す方向を仰いだ。天井両翼の窓から光が射し込み、舞台から客席前方までを柔らかく浮き上がらせている。雨上がりの陽の光だった。

「今日のこの岡田音楽院高等学校のオープン・スクールを、そしてご参加いただいた皆さまを、天は祝福しています」

ちょっとした偶然を結婚式の司会のように大袈裟に歌い上げる女性の言葉に、小馬鹿にしたような笑いが起きた。紅白風プリマは自分でも笑いながら、初めて自分の名を名乗った。

「改めてご挨拶申し上げます。私、岡田音楽院高等学校校長の新庄京子と申します」

この紅白風プリマが校長？

ささやき声がホール全体に広がって、ざわめきになった。

そう、私が校長。そんな笑顔をたたえたまま、新庄校長は自分の身の上話めいたことを口にしはじめた。

「実は私、この学校の校長に赴任してからまだ二年目なんです。その前は、県内のとある公立高校に勤務しておりました」

その高校は「課題山積校」だった、と、新庄校長は来校者には少々難しい教育用語を使った。遅刻や不登校、無断早退といった問題が目立ち、授業中の私語も多い。進学も就職もふるわないから敬遠され、定員割れが続きはじめた頃に赴任する羽目になったのだと、新庄校長は途方に暮れたような口調で振り返る。

「まず、挨拶の徹底から始めました。挨拶はマナーとかしつけという言葉で語られますけれど、そこに相手がいるね、自分がいるよ、というお互いのリスペクトの出発点ですよね。そのリスペクトがないと自分も成長しません」

うん、一理ある。思わず譲はうなずいていた。

経営コンサルタントとして相談に乗っている企業経営者と雑談しているとき、挨拶の徹底が、それまで荒みがちだった地方工場の空気をよくするきっかけになったという話を聞いたばかりだったのだ。

「私自身、毎朝校門の前に立ち、学校内を歩き回り、生徒に無視されようと馬鹿にされようと、とにかく挨拶と声掛けを徹底しました」

そこから始まる教育実践がしばらく語られ、問題の高校がバレーボール部の県大会決勝進出を機に見事に立ち直ったと聞いたとき、オープン・スクールの参加者たちの間にもホッとしたような空気が流れた。いつの間にか紅白風プリマは、伝道師のように見事な語り手になっている。

自分も話の顚末に安堵したその瞬間、譲は思い出した。数年前、地元のテレビ局が県内の教育問題をシリーズでレポートしたことがある。そのときに取り上げられた事例のひとつが、挨拶と規則正しい食生活の徹底を糸口にして生徒の規律と意欲を回復させ、それを学校の人気回復にまで結びつけたという県立高校。その取材に答えていたのが、この新庄校長だ。たしかその高校での実践はルポにまとめられ、地元の出版社から本として出されたはずだ。

芝居がかった振り付けで登場したこの校長、紅白風プリマは、なかなかの教育者だったわけだ……。

譲が感心していると、校長はいまの岡田音学院高校のことに話を移した。

「この音楽院高校は約六〇年もの長い歴史を持つすばらしい音楽の学び舎です。それなのに、ここ数年、首をかしげるようなところが見られていたのも事実です。私はいま本校の校長を務めているわけですが、取り繕うつもりはありません」

　制服をだらしなく着崩した生徒たちが、歩道いっぱいに広がって街を歩いている。駅近くのコンビニやファストフード店で群れているのは、いつも岡田音楽院高校の生徒ばかり。古くからこのあたりに暮らす住民は、「あの伝統ある音学院高校が……」と嘆く。さらに少子化と趣味の多様化で、クラシックを主体とする音楽専門の本校志望者数は減り続けてきた。総数が減ったから、音楽関係の大学をはじめとする進学実績全体も下降を続けている。

　おいおい。

　校長が自分の学校のあら捜しのような話をするのを聞かされて、会場に集まった親子たちのほうがもじもじし始めた。

　学校PRの場なのに、そんなこと言っちゃっていいわけ？

　おかまいなしに新庄校長は続けた。

「生徒の皆さん、『ウチら音楽やるんだから、服装とか関係ないしぃ』って思っていませんか？」

　六〇歳に近いおばさんが巧みに真似るいまどきの女の子の口調と声色に、くすくす笑いが漏れる。集まった中学三年生たちにしてみれば「関係ないしぃ」は図星かもしれない。

「でも違うんです。たしかに、身だしなみがよくても演奏がうまくなるわけではありません。だけど問題はその先、夢に別れを告げて、音楽とは別の道に進むことになったときです」

ここでまた、参加者たちは足払いをかけられたような気分を味わった。音楽院高校は音楽の道に進みたいと思う生徒たちを集めた高校だと、誰もが思っている。この学校説明会の会場には、プロの音楽家を目指すという夢を持つ生徒やその保護者たちも多いに違いない。

ところがその学校の校長は、まだ入学もしていないその親子たちに、いつか「夢に別れを告げる」ときがくると宣告している。浴びせられたのは「冷や水」どころではない。ついさっき笑いが漏れたばかりの大ホールが凍りついた。

「プロの音楽家として活躍していける人、音楽で生活していける人というのは、ほんのわずかです」

音楽院高校を卒業してどこかの音大に入れたとしても、そこからさらにプロになれる人はひと握りしかいない。音楽教師になったり音楽と関わりのあるメーカーに就職したりする人はまだ幸せだが、数で言えば、音楽とは関係の薄いごく普通の企業に就職する人のほうがむしろ多いかもしれない。

大ホールの空気がシュッとしぼむ音を聞いたような気がした。音楽が自分の「やりたいこと」なのだという思いでこの場に集まったに違いない生徒たちや、我が子の音楽家としての大成を夢見る親たちにしてみれば、新庄校長の口から語られるのは一番聞きたくない言葉だったはずだ。

「でも、皆さん、私が言いたいのはここからです」

新庄校長が声のトーンをぐっと落とし、今度は少しばかりドスを利かせて中学生たちに語りかける。

「だから夢はさっさとあきらめたほうがいいの？　だから音楽を好きであることはもうやめる？　そうじゃないでしょう？」

新庄校長が口を開くたびに、会場全体の空気ががらりと入れ替わる。

この学校で、好きな音楽、自分のやりたいことに全力で取り組んでほしい。自分の可能性をとことん追求して自分の演奏力や歌唱力を磨いてほしい。それが私の心からの願いだと、新庄校長は握りこぶしを自分の胸に当てて言う。

「だからこそ、なんです。頑張ってみたけれどプロにはなれないと思うときがいつかくるかもしれない。でも、そのときがきても、ちゃんとマナーは身についている、きちんと勉強もしてある。その備えさえあれば、何も怖れず夢に向かって全力投球できますよね？」

うんうんと、譲たちの前の親子がうなずいている。救いを見出したような気持ち、というところだろうか。

「そんな備えのある学校にしなければならないんです。この学校を経営する学校法人互幸会の理事長から校長職のお話をいただいたとき、その備えがまだできていないことがこの学校の唯一の弱点であり、でも、逆に言えばそこがこの学校の伸びしろだと思いました。『安心して本気になれる学校』『安心して夢を追いかけられる学校』。それが私の目指す岡田音楽院高等学校です」

うまいもんだな、と、譲は感心した。企業のプレゼンは何度も手伝ってきたが、その経験に照らして聞いても説得力アリだ。プロの教育者とは、こういうものか。会場内の誰もが心の中でうなったはずだ。

音楽専門の高校として歩んできた本校の伝統を現代にふさわしい形で復活させるため、再生の努力を続けていると校長は言う。そのために教職員は一丸となって、日常の服装をはじめとする生活態度や授業に取り組む姿勢、そして教職員自身の指導力の向上にも努めてきた。

そう語る校長は、夢に向かって全力投球できる学校づくりにみなさんも加わってほしいと熱弁をふるった。

「先日、廊下で立ち話をした声楽科の子が『音楽院に通う毎日が楽しい！』と言っていました。そう言えるほど『いま』を楽しめているのは、この音楽院高校が『安心して本気になれる学校』に変わりはじめた証です。これからもまだまだ変わる、どんどん変えます。この学校に来てよかった、行かせてよかった。そう思っていただけるように、皆さんと一緒に全力疾走するのを楽しみにしています」

駅近くのイタリア料理店が案外空いていたのは、ゴールデンウィークが過ぎたばかりだからだろう。譲と和美のあいだに置かれた白ワインのボトルが、さっきから早いペースで減っている。料理が旨いせいもあるが、耳の奥に残っている新庄校長の熱弁がグラスを空けるピッチを加速させていた。

「いい先生よねえ、あの校長さん」

「さすが問題校を立て直した人だけあるよな。ほら、やっぱり、本も出てるよ」

譲がスマートフォンの検索結果を和美に見せる横で、生ハムに手を伸ばした春香が遠慮がちに口を開いた。

「あのさ、あの高校、受験で実技とか、あんのかな」

和美がすぐに封筒から募集要項を取り出して広げた。

「推薦入試で『聴音』、併願入試と一般入試は『聴音』『楽典基礎』『課題曲実技』ってのがあるね。しばらく教室通ってないから、受けるなら大急ぎで練習始めないとね」

和美はもう「その気」だ。慌てるなよと譲が言いかける横で、春香がつぶやいた。

「実技かー」

ぼんやりと宙を見上げた春香を見ながら、譲はワイングラスをテーブルに置いた。

「お前、受ける気あるの？」

「んー、三年間音楽だらけっていうのは面白そうだけどねー。でも、プロになれる人はわずかですとか言われても、ウチなんか、もとから『はあ？』みたいな」

春香にしてみれば、惹かれるものはあるのだが、どうせ自分なんてお呼びじゃないだろうという不戦敗に近い気持ちも強い、といったところだろうか。譲にも、娘の気後れは何となく理解できた。

小さい頃から近所のピアノ教室に通わせていた。先生がうまく引っ張ってくれたのか、飽きっぽい性格のわりには小学校高学年の頃に市や県南のジュニアコンクールで何度か入賞した。センスはそれなりにあるのだろうし、いまも音楽、ピアノが好きなのは間違いない。

中学生になると部活動に選んだバドミントンが忙しくて教室から足が遠のいたが、それでも校内合唱コンクールでは決まってクラスのピアノ伴奏役。二年生のときなど、他のクラスのお母さんたちから、クラスの合唱の歌声より伴奏する春香のピアノの腕前をほめられて夫婦で照れた。その話をしたときに、「まあね」とわざとそっけなく答えたあたりに、春香なりのプライドも感じた。

だが、それぐらいのものだというのも事実だろう。地区予選で入賞しても本選にまで勝ち残れたことはなかった。仮に勝ち残れたとしても、その上にはさらに全国、アジア、そして世界へと、上ったことのない階段が果てしなく続く。おまけにその階段を上り詰めても、プロになれるとは限らない。

自分なりの「物語」を創って売り出せなければプロにまでなることはできない、なれたとしても大成はできないと、譲は誰かに聞いたことがある。日本でほとんど忘れ去られたまま国外で暮らしていた日本人バイオリニストが、あるドキュメンタリー番組で数奇な前半生を取り上げられたのをきっかけにして大ブレークしたことがあった。複雑な家庭事情や病気に翻弄されながら異国の地で生き続けてきた人生そのものが共感を呼び、いまでは熱心なファンを集めるまでになっている。お金を払ってでも聴く価値のある演奏者は世界中に数多く存在するが、このバイオリニストのように商業的に成功しているのはその中のごく一握りにすぎない。必ずしも技量の差のせいとは限らず、高い技術と表現力を持ちながら不遇をかこっている演奏者もいる。背景にあるのは、クラシック音楽界が抱える難しい現実がある。

たとえば、クラシック本場の国ではいざ知らず、日本ではまだ最終楽章を残しているのに拍手をして指揮者にたしなめられたり、途中で曲を見失うほど酷い演奏だったのに立ち上がってブラボーを叫んだり、サインをもらうため曲の終わる前にいち早く席を立ったりする観客がいる。これまで足を運んだコンサートの場で、譲もそんな客たちの姿を何度も目にしてきた。クラシック音楽界は、そうした客層も含めて成り立っているのだ。だから、そこで商業的に成功するには、演奏の違いがわからない観客でも価値を判断できる、わかりやすいラベルが求められる。世界的な国際コンクールの覇者であるとか、ビジュアルであるとか、ハンディを乗り越えたドラマ性であるとか、観客に強くアピールするパフォーマンスとか。ただ上手なだけではない何かがないと、他と差別化して自分の商品価値を高めることができない。とはいえ、そんなラベルに恵まれて成功できる演奏者は限られる。あの新庄校長が言うとおりなのだ。

だが、アルコールで活気づいている譲の脳は、新庄校長が続けて口にした言葉も反芻していた。〈だから夢はさっさとあきらめたほうがいいの？　だから音楽を好きであることはもうやめる？　そうじゃないでしょう？〉。

譲は春香を見て言った。

「プロを目指すことだけが、音楽をやる意味ってわけでもないだろう」

譲が社長を務める経営コンサルタント会社の社員の一人は、もともと大学で哲学を専攻したのに、就職後に「思うところあって」法律を勉強し直して入社してきた。譲自身だって定年まで勤め上げる気で家電メーカーに入社して仕事に打ち込んだのに、「思うところあって」独立して畑違いの会社を作った。では「思うところ」の中身を言えと詰め寄られるとうまく説明できない。ただ、はっきりしているのは、いま何かをやったから将来はこうなるなんて、わからないということ。それでもその時々の「いまやりたいこと」に挑んでおくことは、あとになってから何かの意味を持ってくるということだ。家電メーカーで働いた日々の経験は今に生きているし、かつて哲学を学んだ部下も、その頃の学究生活を少しも無駄とは思っていないと言っている。やったことの意味は、あとになって向こうからやってくるものかもしれない。

だから、いまは「いまやりたいこと」をやりきればいい。そう思うのは少し甘いのかもしれないけれど、ちゃんと甘やかすのも親の大事な仕事だという気もする。

「いま、好きな音楽に没頭してみたければ、してみるのも悪くないんじゃないか。ひとつのことを徹底的にやり続けるだけでも、それで身についた継続力とか集中力とかは将来の無駄にはならないはずだし」

それにさ、と和美が身を乗り出した。

「勉強やマナーも身につけられる学校にするって、あの校長先生も言ってるんだし」

「行け」とは言わないけれど、「いい学校だね」とは言う。「受けろ」とまでは言わないが、「音楽に没頭するのも悪くないね」とは口にする。いつの間にか譲と和美は春香に、岡田音楽院高校への入学を勧めるとはなしに勧めていた。

4　緊急総会　変ニ長調 op.28-15

オープン・スクールからちょうど一年。五月の連休が近づいた木曜日の昼、譲は自分の会社近くの喫茶店でコーヒーを飲みながらスマートフォンのメールをチェックしていた。いくつか読み終えたところで、新しいメールの着信を告げるランプが点灯した。差出人は岡田音学院高校だ。春香が入学したとき、緊急時の連絡先としてメールアドレスを登録させられた。それを使った一斉配信だろう。

春香が小学生の頃から、学校からの第一連絡先は譲のアドレスと電話番号だ。小さなコンサルタント会社を立ち上げたとき、経営者になるのなら勤め人よりは時間に融通が利くだろうと、中堅メーカーの総務で働く和美に先手を打たれた。以来、連絡先ばかりでなく保護者懇談会、担任との三者面談の類を引き受けるのも譲というのが我が夫婦の不文律だった。時期と場合によっては経営者のほうがずっと忙しいんだぞ。そう思いながら覗き込んだスマートフォンから目に飛び込んできたのは、メールのタイトルの〈緊急〉という文字だった。

〈緊急総会のお知らせ〉

学校からのメールに〈緊急〉の文字があると、親の心はたちまちざわつく。数日前にはアメリカの高校で銃の乱射事件があったばかりだし、その少し前には関西の地方都市で小学生の登校の列に車が突っ込む惨事があった。譲は慌ててメールを開いた。

〈保護者の皆さま、いま岡田音楽院高校は危機を迎えています！　このままでは、新庄校長が推進されてきた学校改革が無に帰してしまうかもしれません。／そのような事態を何としても避けるために、保護者の皆さまのご協力が必要です。そこで岡田音楽院高校をよくするための緊急総会を開催します。／五月二日（土）一三時〜小ホール（視聴覚教室）にて。／当日は理事にも出席を求めています。ぜひ皆さまもご出席いただき、音楽院の正常化に向けてお力をお貸しください！〉

なんだ、これ。

画面をスクロールさせて三回読みなおしたが、譲には意味不明だった。「危機」とは何のことなのか。学校改革が「無に帰してしまう」とはどういうことなのか。娘を入学させたばかりの自分には文脈がさっぱりわからない。上級生の保護者にはこれで通じるんだろうか。

意味不明のメールからわかったのは、とりあえず不審者が暴れたり車が飛び込んできたりという類の「緊急」ではなかったということ。それと、四月に学年懇談会が開かれた視聴覚教室は、普段は「小ホール」という通称で呼ばれているらしいということだけだ。

そこに経営母体の理事会から人を呼びつけて、いったい何を話し合うのだろう。「緊急総会」とやらが開催される五月二日は明後日。わずか二日前になって参加呼びかけの連絡を流すあたりに「緊急」ぶりがにじんでいるが、肝心の中身となると譲にはお手上げだった。

メールの最後には、保護者会副会長・田川隆一、国語科・安藤和江、専科（ピアノ）・大野妙子という名前が書かれている。それがこの緊急総会の呼びかけ人、ということなのだろう。学校の連絡網を使った一斉送信だから、校長公認のメールだ。

それに、呼びかけ人の一人に大野先生、か。

譲は「妙子」という下の名前までもう一度確認すると、テーブルに放り出してあった手帳のページをめくって自分の殴り書きを見つけた。

〈大野妙子先生　春香のピアノ〉

手帳にぐじゃぐじゃと書きつけてあるのは、四月後半に開かれた学年懇談会のときに書いたメモだ。

音楽院高校では入学して間もない時期に自分が専門に取り組む楽器、あるいは声楽やダンスといった専科をひとまず決める。音楽の単科高校だから、国語や英語などの普通の授業は最低限に絞り込んで毎日四限目まで。午後は専科の先生にレッスンを受ける。もっとも、めいめいのレッスンは週に二回だから、それ以外の日の下校は普通の高校よりも早い。下校して自宅で楽器練習に励む子もいれば、以前から通っていたピアノ教室などの先生に練習を見てもらう生徒もいる。

学年懇談会ではその専科の担当教師が保護者に紹介され、専科ごとに分かれて自分の子の担当教師との簡単な懇談が持たれた。人数が多いピアノ科は学年に三人の先生がいるのだが、春香が割り振られたのが大野妙子先生だった。子どもたちは顔合わせを済ませてレッスンに励みはじめているのだが、保護者が我が子の専科の先生と顔合わせするのはこの懇談会が初めてだった。

顔合わせの場に指定された教室に移動する最中、同じ大野先生に割り振られた生徒の母親同士が話しているのが聞こえた。

「よかったよねー、大野先生で」

「ホッとしたわー。ねえ聞いた？　ミサキさん、今度日本で公演だって」

「御崎麻衣さんね。聞いた、聞いた。すごいよねー、ウチらの子の先輩が日本人初のマルロー記念優勝だもんねー」

著名なピアニストの名を冠したそのコンクールはパリで開催され、世界の若手ピアニストが結集して競う。今年、見事優勝したのが、これから顔を合わせる大野先生の弟子、数年前の本校卒業生だということは春香からも聞いた。

その話に花を咲かせるこの母親たち二人は、以前からの知り合いらしい。音楽専門の高校だから、子ども同士が幼い頃に同じピアノ教室に通っていたということは多いし、コンクール入賞の常連同士ということもある。入賞を重ねるうちに顔と名前が一致するようになって友だち意識が芽生えたり、ライバルじみた気持ちが生まれたりする。春香も同じピアノ科の中に、小学生の頃のコンクールで何度か一緒に入賞した井川澪という子を見つけた。互いにかすかに見覚えがあったらしく、すぐに「ミオちゃん」「ハルちゃん」の仲になった。

前を歩く母親たちが口にした大野先生の教え子の話は、先生自身が自己紹介を兼ねて語る話の中にも出てきた。譲以外の保護者たちには周知のことらしいが、この先生の話に出てくる門下生はそうそうたるピアニストの人物名鑑だった。

「去年のマルロー、マルロー記念国際ピアノコンクール。そこで優勝したマイちゃん、じゃなくてもう御崎麻衣さんね。あの子なんかは本当に自由奔放に弾く子で、どうしても自分の解釈で演奏しちゃう。ガンとしてその解釈を曲げないから、こっちもレッスンのときにはケンカ腰だったのよ。でも、そういう奔放さが受け入れられる場だと、ああいう子は強い。マルローで優勝したのも、あの個性が評価されたからなんですよ。今回はリストを弾いたけど、他のコンクールではハネられたかもしれない。あの子のリストの弾き方は好き嫌いが分かれるから……」

もともと「マイちゃん」は大野先生が自宅で開いていたピアノ教室の生徒だった。小学生の頃から各種のジュニアコンクールを総なめにし、東京のある音楽大学の付属高校を受験した。誰一人、その合格を疑う人はいなかった。

ただ、あの大学の系列校に合格するには、それ相応の弾き方というものがあるのだと大野先生が当時をふり返った。

「この大学付属の試験では万人向けにそつなく、手堅く演奏するように言い含めたのに、弾きはじめたとたん魂が試験会場から自分の世界に向かって飛び立っちゃったのよ。岡田に帰ってきたときも、『弾きたいように弾けた』なんて言って本当にうれしそうだったから」

ところが、自分の解釈に即して演奏する奔放さが、譜面を忠実になぞることを至上命題と考える試験官の不興を買った。まさかの不合格でさあ大変。本人も周囲も不合格など予想していなかったから、「滑り止め」などどこも受験していない。そのときに手を差し伸べてくれたのが、この岡田音楽院高校だった。すでに試験は終了しているが、特別編入を認めると言ってくれた。

このとき、大野先生も音楽院高校のピアノ専科の講師に招かれることになった。御崎麻衣を指導し続けるためにと、大野先生も快諾。以来、先生はこの音楽院に籍を置き続けている。何人ものピアニストを育ててきたことで県下の音楽通に名を知られた大野先生を講師に迎えることは、音楽院高校の生徒集めにとっても好材料となったはずだ。と、この辺りのいきさつが譲に見えてきたのは、春香が次々に友だちや先輩から仕入れてきた情報のおかげである。

立て板に水のように繰り出されるピアノ業界の事情と人間模様、それに師弟の絆と格闘。さっき「よかったわねー」と言い合っていた母親たちなどは、大野先生がひとこと何か言うたびに教祖を前にした信者のように大きくうなずき続けている。

ピアノ教育界のカリスマ講師。そんな言葉が頭に浮かんだとき、大野先生の声が大きくなった。

「要するに、本当に人それぞれにでこぼこ、子どももそれぞれにタイプは違いますだから、それぞれの子どもに合わせたレッスンを考えていく。あるレベルまで来たら、音楽の解釈やその子の音楽的なセンスについては型にはめない。それが私の方針ですと言ってから、大野先生は急いで「でも」と言葉を継いだ。

「でも、必死に練習する姿勢は要求します。そこだけはマイちゃんだろうと、『ピアノをはじめましたー』っていうお子さんだろうと変わらないし、妥協はしません」

譲は、大野先生の目が自分を見ている気がした。

「はじめましたー」というのは春香やミオちゃんのことかもしれない。

最初の大野先生のレッスン日、帰宅するなり春香は「あー、マジでヘコんだ」と言ってソファーに沈んだ。大野先生に二回も怒鳴られたと言うのを聞いて譲が声をかける前に、春香が今度は笑って言った。

「でもね、ミオちゃんが『そんなの少ないほうだよ。アタシ五回だよ』だって。よかったー、仲間がいて」

大空の高みに挑む子もいれば、墜落せずに次の基地まではたどり着こうねと励まし合う子もいる。ひな鳥たちを率いる指導教官が、ピアノ教育界のカリスマ、大野妙子先生だった。


そのカリスマが「緊急総会」の呼びかけ人に名を連ねている。手帳のカレンダーを見ると、明後日は午前中少しばかり会社に顔を出すが午後は空いている。

行かないわけにはいかない、か。

そう思った矢先、また着信メールのランプが点滅した。

〈みなさま／いまの学校からのメール見ました？／よくわからないですが、大野先生も呼びかけ人なんですね。私は行こうかと思っています〉

ピアノ専科の保護者の一人だ。それから立て続けに同じようなメールが、専科のメーリングリストを使って何本か入った。

〈いま、他の専科のお母さんともメールで話したんですが、やっぱり大野先生からの案内だから行ってみるということです！〉

あの大野先生が言うなら。ピアノ専科だけでなく他の専科の親にまでそう思わせるのだから、カリスマ講師の威力は絶大だ。

元来、ほとんどの親たちと同じく譲だって、ＰＴＡの類はとりたてて好きなほうではない。役員だの係だのを選ぶ段になると、できればお鉢が回って来ませんようにと祈りたくなるタイプだ。前例ばかり踏襲するのも、周りの顔色をうかがいながら言葉を選ぶのも苦手。だから明後日の「緊急総会」というのも遠慮したい気分だが、意味不明の文章の言葉の端々が気にかかった。中でも譲が引っかかって仕方ないのは「音楽院の正常化に向けて」という最後の言葉だった。

「正常化」ってことは、いまは「異常」ってこと、だよな。

視聴覚教室に、いや、「小ホール」だっけな、と思いながらもぐり込んだのは開会直後だった。ざっと五〇人はいるだろうか。もともと一学年一クラス、全校生徒一五〇人の小さな学校だから、急な通知のわりに人の集まりはいい。

ステージの左寄りに並べられた椅子には、「お年寄り」と言っていいほどの二人の男性が座っていた。一人は細身の紳士で、白くなった頭を七三に分け、黒っぽいスーツを着込んでいる。もう一人は紺のスーツ姿の小太りの男性で、短いスポーツ刈りはこれもごま塩頭だ。机の準備もなく、無防備な姿で座らされた二人は所在なさげに手をおへその前あたりで組んでいた。

廊下寄りの壁際の一番前にも会議用椅子が並び、一番手前に腰掛けているのが大野先生。その向こう側にがっしりした男が立ち、マイクを握っている。

「……学校改革のために新庄校長を本校に招いた理事長が突然理事会によって解任されるという事態になり、『これはおかしい』という声が保護者からも先生たちからもあがったわけです。だって、そうでしょ？　もともとその理事長を選んだのも理事会だったんだから。大野先生なんかも心配されてるし、私もこれは放っておけないと。あ、申し遅れました、私、保護者会の副会長をやっております田川隆一です。二年生の子の父親です」

田川が言葉を切った瞬間、フーッという鼻息をマイクがもろに拾った。

「実はね、これ、伏線がありました。二年生以上のお母さん方はご存じのとおり、新庄校長が学校改革を進める中、こう言っちゃあナンですが、指導力にハテナマークがつく先生、その先生たちにお辞めいただいた」

どうやら、これまで新庄校長は何人かの先生に退職を迫ってきたということらしい。こんなナマナマしい人事の話が、保護者会の場でむき出しになるなんて。譲にとっては、初めての経験だった。

またフーッと鼻息が小ホール内に響き、田川の話が続いた。

「だって、そうでしょ？　ここは学校なんだから。子どもたちをお願いしているのにちゃんとした教育ができないなら、そりゃあ申し訳ないけどお引き取り願わないと。そうでしょ？」

　ワンフレーズごとに「そうでしょ？」とたたみかけるのが口癖らしい。

　こんなとき、うっかり「うん」とうなずきそうになるが、確かな情報もないうちは肯定することも否定することも危険だ。そう思いながら、譲は入り口で渡された資料に目を落とした。時系列でまとめられた資料の始まりは、〈平成二五年四月一日　新庄京子校長赴任〉。その後、〈学校改革に着手、推進〉と続き、〈平成二六年三月一日　T教諭、Y教諭休職〉。

　指導力にハテナがついて、「お引き取り」を願われたわけだ。

　でも、この二人が本当に指導力不足だったのかどうかは、もちろん自分には判断できない。「良質な懐疑こそ最良の資料」。誰かが書いた本で読んだ言葉を自分に言い聞かせながら、譲はこの項目に「？」印を書き込んだ。

「ところが、ここに『A《エー》ユニオン』というのが出てきたわけですよ。お手元のプリントにも書いてあります」

旧称は「アーティスト・ユニオン」だったらしい。個人加入の労働組合で、オーケストラなどの楽団員や学校に講師として雇用されている音楽家、それに今では劇団所属の若手俳優や機材担当者なども加入している。

〈平成二六年五月　Aユニオンが理事会に申し入れ〉

〈平成二六年九月一日　T教諭とY教諭、Aユニオンの支援を受けて校長を「パワハラ」で提訴〉

資料の先のほうを見てみると、その裁判はまだ継続中らしい。休職に追い込まれたのは「新庄校長から、退職しろというパワハラを受けた」から。二人の教諭はそう訴えている。もちろん、本当にパワハラがあったのかどうかも譲にはわからない。

だが、もしかしたら？

譲がちらりとそう思ったのは、春香から学校でのちょっとした事件を聞かされたばかりだったからだ。

教頭の飛田先生が新庄校長にいじめられていると春香に聞いたのは、二週間ほど前のことだ。入学後すぐに催される開校記念の式典には、プロテスタント系の学校らしく、生徒たちが大ホールで讃美歌を合唱する中を教職員がホール正面入り口からしずしずと入場してくる場面がある。そのリハーサル中、校長が教頭に罵声を浴びせた。

春香が言うには「授業もできない失格教師には、ドアの開け閉め係ぐらいが似合いなのよ！」と怒鳴ったとか。「これはもはやイジメのレベルじゃないでしょうか」とおどけて言う春香の口調にはワイドショーじみたノリがあったが、校長が教頭を罵倒と聞いて嫌な気がした。有名な教育者の見たくないところを見てしまった。そんな気分だった。

それまで国語科を兼務していたこの教頭は、指導力不足を理由に授業担当を外されたという。だが、理由はどうあれ全校生徒、つまり大勢の顧客の前で上司が部下を怒鳴り倒すのは間違いなくパワー・ハラスメントだ。下手をすれば訴訟案件だぞと、いつものコンサルタントの頭に戻って考え込んでいると、調子に乗った春香が言ったものだ。

「ひだ先生、いつもいびられヒダルマ先生」

おい、それだってイジメだぞとたしなめながら、ヒダルマのあだ名はこのときから譲の頭にもこびりついてしまった。

春香のヒダルマ・レポートを思い出しながら「パワハラ」の単語に線を引いたあと、別のことに思い当たった譲の口から小さなため息が漏れた。ひとつひとつの出来事に疑問は尽きないが、自分がいま一番言いたいのは違うことだ。

聞いてなかったぞ、こんなこと。

二名の講師が休職に追い込まれて労組までが乗り出し、パワハラだと訴える。その一連の騒動があったのは去年の話だ。家族でオープン・スクールに出かけ、この音楽院への受験を決め、それならいっそ推薦入試でと考えたあと、秋には首尾よく合格。まさにそのあいだに起きていた出来事ということになる。

翼を広げた紅白風プリマドンナと、大ホールの天窓から降り注ぐ雨上がりの太陽の光。見事な教育哲学を聞かされたあの頃、すでにこの学校はパワハラがらみのもめ事の最中だったのだ。何も知らずにあの校長の弁舌に感心したあと、ワインを飲みながら和美は少々はしゃいでいた。

そしてたぶん、自分も。

パワハラ裁判が始まってしばらくして、理事会が動きはじめたらしい。

〈平成二六年一二月〜　理事会事務所に「岡田音楽院高校生徒・保護者向け相談窓口」設置〉

〈平成二七年一月二五日　「校長からパワハラを受けたとの声が生徒から寄せられた」ことを理由に、一部理事が新庄校長に退職要求〉

「要するに、『相談窓口』を作ったら校長のパワハラを訴える声があったという理由で、校長はクビだと理事会が騒ぎはじめたわけです。でも、『相談窓口』ができたなんて、皆さん知ってました？　親も生徒たちも全然知らされてなかったんですよ。ところが不思議なことに、なぜかAユニオンのホームページのブログには紹介されている。相談窓口っていうなら、学校でプリント配るか何かで通知しなけりゃ意味ない。そうでしょ？」

この「そうでしょ？」にはうなずくしかない。譲は相談窓口という言葉にまた「？」マークをつけた。生徒や保護者に知らされていないという相談窓口に、どうしてその生徒は自分が受けたというパワハラを訴えることができたのだろう。どうして学校のホームページではなく労働組合のホームページに、学校理事会が設けた相談窓口のことが載るのだろう。

「そして、極めつけは今年の三月ですよ。『平成二七年三月一日　理事会は副島信行理事長を解任』。副島理事長はこの音楽院高校の現状を心配され、新庄校長を招いた方です。さっきも言いましたけど、理事会はこの理事長を選んだ人たち。そうでしょ？それが今度はどうして示し合わせてハシゴを外しにかかったのか。これは副島理事長が招いた新庄校長を解雇する布石じゃないのか。ここではっきりお答えいただきたい」

またマイクが鼻息を拾ったかと思うと、田川はいきなりステージに上がり、壇上で座る二人のスーツ姿の男の一方にマイクを突きつけた。軽く押し問答があった末、白っぽい髪を七三に分けた紳士がいやいやマイクを握らされた。

「えー、理事の堀田と申します。あの、何かいろいろ憶測めいたお話も交えてのお尋ねなので困るのですが、新庄校長の解雇うんぬんということは、現時点ではまだ何も……」

「『現時点では』ってことは、将来はありえるってこと？」と、田川が自分の席からがなる。堀田はそれには答えずに続けた。

「一方、前理事長の件に関しては、いろいろご尽力いただいたことは私たちが一番感じておるわけですが、この音楽院高校の将来像をどんなものにするかといったあたりで、どうもお一人で先へ先へ行かれることが多かったのも事実です。理事会規約には音楽院の経営に関する事項については理事会に諮り、その過半数で決定するという条項があり……」

「じゃ、理事さんたちの過半数が賛成すれば、校長の学校改革も潰せるわけね？　これおかしいですよ、そうでしょ？」

　地声がでかいから、野次とも質問ともつかぬ田川の声は小ホールのすみずみに届く。

「そうでしょ？」につられた何人かの拍手がぱらぱらと聞こえた。

　抗うように、堀田の声も大きくなる。

「理事会としても学校改革は、これはもう大事なことだと考えております。教育環境を調えるために、先般、校舎の中庭に新しいダンス・レッスン室を建てたのも、実は理事会の発案なんです。最近では、ダンスをやりたいという若い方も増えており、音楽院も間口を広げて……」

「シツモン！」という声がした。最前列に座っていた母親だ。すかさず田川がその席に駆け寄って、スイッチを入れた予備のマイクを渡した。

「あのレッスン室、建てるのを請け負ったのは、理事の方と関係がある会社ですよね。ちゃんと見積もりとか取られたんですか？」

またぱらぱらと拍手。だが、それを聞いて譲はいらいらした。何も煮詰めないうちに話がころころと変わる。何も明らかになっていないのに、なぜ拍手なんだろう。

そう思ったときには譲の右手が勝手に挙がっていた。胸の奥で「しまった」というもう一人の自分の声が聞こえた気がしたが、この手の話を普段から整理して考えるクセがついているから黙っていることはできなかった。

挙手する譲の姿に気づいたのは、大野先生だった。大野先生が田川のジャケットの裾をつんと引いて知らせると、再び田川がマイクを持って駆けつけてきた。どうぞ、と太い声で言われた譲は差し出されたマイクを握った。

「一年生の保護者の飯島譲と申します。私たち一年生は、入学してまだひと月です。先ほどからのお話はどれも寝耳に水で、こういうことが起きていたこと自体、私たちは知らずに入学しましたから、どちらのおっしゃることがどうだという以前に、大変戸惑っているというのが一番正直な気持ちです」

そこでさっきよりも大きな拍手が起こった。ひとつひとつは控えめだが、どこかホッとしたような響き。よく言ってくれた。同じように戸惑っている一年生の保護者たちの拍手は、まるで一つの音楽だった。

「そういう一年生の保護者も多い中なので、まず批判ありき、結論ありきではなく、いくつか事実確認させてください」

そう言って、譲は手元の資料に付けた「？」マークに目を落とした。

「第一に、校長先生からパワハラを受けたと訴えられている先生たちについて。休職に至る経緯として、校長先生と当事者の先生方、それぞれの言い分はどのようなものでしょうか。理事会としては、双方の言い分を聞いてどのように判断されているでしょうか」

しんと静まり返った小ホールに、誰かの手元でシャープペンかボールペンが転げる音がコトリと響いた。

「第二点として、理事会が設置されたという生徒・保護者向けの相談窓口。生徒や保護者には告知せず、一方で労働組合のホームページには紹介されているということですが、それは事実かどうか。事実なら、その理由をお聞かせください。また、告知もしていない窓口にどうして生徒が相談に行けたのか、その経緯を教えていただきたい。他にもいろいろありますが、話が混乱するといけませんから、まずはこの二点からお教えいただければと思います」

隣の母親が「すごーい」とささやきながら小さく拍手の格好で手を動かす。それは指揮棒の動きのように周りに伝染して、数秒後には参加者のあらかたが大きな和音を奏でるように拍手していた。

だが、譲がよどみなく整理した質問に、二人の理事はろくに答えることができなかった。「裁判になっていることでもあり、記憶だけで不正確なことをお話ししてもいけない」と言葉を濁すばかりだ。

そのたびに参加者からは、失望の声があがった。

「それじゃわかんないよ」「何のためにここに来てるわけ?」

その後もいくつかの質問が出る中、唯一はっきりした答えらしいものがあったとすれば、「現時点で校長の解雇について理事会が正式な議題にしたことはない」ということだけだった。

明らかに理事たちの準備不足。何の資料も持たずに来たのでは、経緯を説明することなどできるはずもない。そんな気もしたが、もしかしたら身ひとつでのこのこやってきたこと自体、どのような場なのかもわからないまま引きずり出されたということなのかもしれない。まともな答えを返せない理事たちに譲は半ば失望し、半ば気の毒にも思った。

あいまいな答えしか返せない理事たちも理事たちだが、仕切り役の田川もよくしゃべるわりには譲が整理した以上のことは尋ねられずにいた。そのくせ、校長を解雇するつもりなのだろうという決めつけを繰り返すものだから、大方の保護者たちのあいだにはよそよそしい空気が流れはじめた。

校長のパワハラ疑惑についての世評を気にする理事会と、校長が解雇されて学校改革が頓挫することを心配する一部の保護者や教員。対立の構図はそんなところだろうか。およそのところが見えたいま、答えが返ってこないとわかっている質問や決めつけで時間を浪費するぐらいなら、もうお開きにしてはどうか。

きりがないでしょう、時間の無駄だよ。そんなざわめきを聞きながら、譲は再び挙手した。これ以上は無意味なつるし上げだ。

「今日は理事さんたちにご回答の準備がないということであれば、持ち帰って理事会で検討していただいて、何らかの形でご回答いただければ、さっきから心配されている保護者の方たちも安心できると思います。学校の場で大人同士が争うのは子どもたちにとってもこの学校の将来にとっても望ましいとは思えないので、よろしくお願いします」

それまでせき止められていた大方の参加者の鬱屈が、決壊して大きな拍手になった。その音に包まれて一般参加者の厭戦気分を感じた田川が傍らの二人とひそひそと打ち合わせ、マイクを引き継いだのは白っぽいスーツに身を包んだ四〇になるかならないかの女性教員だった。

「今日は皆さんご苦労さまです。国語科の安藤です。理事さんからちゃんとしたお答えをうかがえないのは大変残念です。でも、新庄校長のもとでこの学校をよくしたいという皆さん、そして私たちの思いは、理事の方たちにもお示しできたと思います。レベルの高い音楽教育を守っていくためにも、改革の流れを止めてはいけない。そのことを一番感じていらっしゃるのは、専科の先生方だと思います。大野先生、ひと言お願いします」

え、私もしゃべるの？　そんな顔をしている大野先生にマイクが押し付けられた。

「専科が違うお子さんの保護者の皆さんにはなかなかご挨拶の機会もございませんが、ピアノ科の大野と申します」

あれが大野先生、と、譲の後ろからひそひそ話が聞こえた。

「もともと自分の教室をやっておりましたが、縁あって本校のピアノ科をお引き受けして九年になります。自分の教室で指導するときも、この学校に来てからも、私の姿勢は変わりません。練習に対する情熱だけは教える側も教わる側も妥協してはいけない。新庄校長先生には、そんな指導をこれからも応援していただきたい。そういう思いでここにおります。これからもよろしくお願いいたします」

短い挨拶に巻き起こった拍手は、世界的なピアニストを育てたカリスマ講師の肉声を間近で聞いたことへの謝礼みたいなものだったかもしれない。その拍手を潮に、緊急総会は生煮えのまま、どやどやと終わりを告げた。

どちらにもそれぞれ言い分はあるのだろう。だが、どちらの言い分が正しいのか、白黒つけたり詮索したりしようという思いが、譲の胸にはなかなか湧かない。

それよりも先に心配しなければいけないことがある。そんな気持ちが、警告ランプのように胸の内で点滅している。その警告ランプの電源がどこにあるのか、譲はうすうす気づいていた。電源コンセントは当たり前すぎるくらい当たり前のところにある。

春香はもう、この学校の生徒なのだ。

勧めるとはなしに勧めた。その自覚が、譲にはある。それに応えて娘が入った学校には、争いの場であってほしくない。もう、あと戻りはできないのだから。

こんな争い事が起きていると知っていたら勧めはしなかったという繰り言が胸の中で湧き上がりそうになるのを抑えながら、階段状の教室をドアに向かってゆっくりと歩いた。前後二つの扉の前はごった返している。だらだらとドアに向かうほとんどの保護者たちの顔には、徒労感のようなものが浮かんでいた。

自分だってみんなと同じ気分だ。「緊急」に開いたこの総会、果たして意味があったのか、なかったのか……。

そう思いながら混み合うドア近くに立ち尽くしているとき、後ろからジャケットの肘のあたりを誰かにつかまれた。

「飯島さん、ちょっと」

振り返ると、目の前にカリスマ講師の顔があった。

「少しだけ、お時間いただいていいかしら」

ダメですという選択肢はないような気がした。

5　良くする会　変イ長調 op.53-6

小ホールを出た廊下を、大野先生が少し先に立って歩く。黒っぽいワンピース姿がいかにもピアニストらしく見えるのは、やっぱり相手がカリスマ講師だと知っているからなのだろうか。つき従って歩いていると、前をぞろぞろ歩いていた保護者たちが次々にさっと左右に分かれ、軽く会釈までして通してくれる。もちろん譲にではない。保護者たちは大野先生の通り道を作ったのだが、まるでそれは病院を舞台にした古いドラマに出てくる「院長回診」みたいな光景だった。

「狭い校舎だから覚えやすいでしょ、あれが旧館ね。一階が職員室とか校長室。上の階は各科のレッスン室。私に御用がある時は、レッスン時間を除けばたいてい職員室のほうにいますから」

ゆったりと歩くカリスマ講師は、思いのほか気さくな調子で新弟子の父親に声をかけた。

「ありがとうございます」

「春香ちゃん、おうちに帰ってぐったりしてない？」

「まあ、入学してから最初の二週間ぐらいは。でも、いまは帰ってからもだいぶ弾いてるみたいで」

「一年生だってレッスン室使っていいのよ。早い者勝ちだけどね」

家にアップライト・ピアノはあるのだが、近所迷惑を考えると夜間や朝に弾き鳴らすわけにもいかない。どの家庭も事情は同じで、早朝や昼休み、ピアノ科の先輩たちは校内のレッスン室に走るのだと春香から聞いた。ピアノのレッスン室は五部屋しかないから、熱心な生徒同士の部屋取り競争なのだ。

「そのうちレッスン室で朝練しようかって、ミオちゃんと話してるようです」

「ミオねえ、あの子が朝練すればたいしたものよ」

大野先生はそう言って笑った。小学一年生の頃から自分の教室に通っていたが、音感はいいし暗譜も早いのに、練習は嫌い、言われたことはすぐに忘れる、叱られるとすぐ泣く。

「つらいならやめていいのに、それがどうしてまた音楽院高校なのって思ったわよ。要するに、あの子、ピアノ嫌いじゃないのよ。よりにもよってまた私のとこに叱られに来たんだから。でも、叱る側も大変なのよ。レッスンで叱るのはキレるのとは違うから、頭もエネルギーも使うの」

「どうもご苦労をおかけしてしまって」

ミオちゃんの話だったはずなのに、思わず譲は頭を下げた。レッスンのたびに大野先生は、連絡帳にその日のレッスンで目立ったミスや次回までに取り組んでくる課題を走り書きしてくれる。名だたるプロを育ててきた人が、「ピアノはじめましたー」レベルの我が子にそこまでしてくれることには頭が下がる。人数配分の巡り合わせとはいえ、合唱伴奏あたりで気をよくしていた我が子の指導を託すというのは、カリスマ講師の業績を知った今となってはなおさら恐れ多い。

「お手数をおかけします。ウチの子も、皆さんに比べれば初心者レベルなので」

それを聞いて大野先生が笑った。遠慮がない代わりに、嫌みもない素直な笑い声に聞こえた。

「最初はどこから始めたものかと思ったわよ」

そう言ってもう一度笑ったあと、立ち止まって大野先生が振り返った。

「『お手数』がかかるのはちっともかまわないのよ、手をかけるのが私たちの仕事なんだから。その当たり前のことをしない人がいて困っていたの。飯島さんはまだわからないだろうけど」

頭の奥で「指導力にハテナマークがつく先生」という田川の声が小さく響いた。

だから、校長の学校改革？

渡り廊下のおしまいまで来ると、大野先生が旧館の古びた鉄扉のノブに手をかけた。

ピアニストは手が大きいと言われるけれど、それほどにも見えない。ノブを回す手を見ながら、この音楽家にドアの向こうの壁のことをちょっと尋ねてみたい気がした。あのバイオリンの線刻、いつ頃からあるのでしょうか。

だが、譲が口を開くよりも先に、鉄扉を開けて旧館に足を踏み入れた大野先生がワッと声を上げた。

「ちょっと、びっくりさせないでよー。えーっと、三輪、亮輔くんだっけ？　ここで何やってるのよ？」

鉄扉を入った横の押し詰まった空間、オープン・スクールのときに譲たち親子三人がバイオリンの落書き線刻に見入った薄暗がり。そこに一人の男子生徒がうつむき加減で突っ立っていた。

音楽院高校は四対一ぐらいの割合で女子生徒が圧倒的に多い。だからズボン姿の男子を見かけると新鮮な気分がするものだが、人の気配のない廊下の薄暗がりにぬっと立つこの子の姿は「学校の怪談」だ。

「亮輔くん」と呼ばれた生徒は返事もせず、顔を上げることなく後ずさった。

「なあに？　誰か先生を待ってるの？」

かすかに亮輔くんはうなずく。やっぱり顔を上げない。

「あ、補習ね？」

一人の先生の名を大野先生が口にすると、無言のまま小さくコクリ。

「ホールには見えてないわよ。職員室は覗いた？」

今度はわずかに頭が横に振られた。

「もうっ、自分で声かけなきゃだめでしょう。ちょっと待ってなさい」

失礼、と譲に声をかけた大野先生は、サンダルを響かせながら小走りで職員室に向かった。


譲と二人で扉近くの薄暗がりに取り残され、気まずそうに廊下の床に目を落としている亮輔くんはますます後ずさって、背中はもう廊下の突き当たりだ。勝手に追い詰められていく亮輔くんが身にまとう空気が伝染し、譲までが緊張の糸に縛られて声をかけるタイミングを見失った。視線を合わせずうつむき加減のほっそりした顔と、細いフレームのメガネ。それを横から見ていて譲は気づいた。

推薦入試で春香と一緒に受験した子だ。

前年の一一月、春香は一般入試より三か月早い推薦入試を受けた。将来のプロを目指すような子たちと楽器の実技を競う一般入試を受けたのでは、とても春香には太刀打ちできない。それならば、と、親子で受験を決めた推薦入試は国語と英語の基礎力テスト、それに聴音試験が課されると募集要項に書かれていた。

当日、受付で試験会場への案内図を手渡しながら、職員がごく軽い口調で言った。

「保護者の方もお子さんと一緒に教室にお入りくださ い。後ろのほうが保護者席になっておりますので」

えっ、いいんですか?

そう聞き返したのは、譲だけではなかった。教室に親が同席する入試なんて、聞いたことがない。全部で一〇人ほどの受験生たちについてきたどの親も、我が子の受験風景をリアルタイムで眺めることになるなんて思っていなかったはずだ。

教室はピアノが置かれたごく普通の音楽室だった。最初に行われた基礎力テストは、国語も英語もそれぞれ三〇分ほどの小テストみたいなものだった。それが終わると、一人の教員がピアノの前に立った。

「これから聴音試験を行います」

何種類かの音や簡単な旋律、和音がピアノで演奏される。その音を聴き取り、答案用紙にあらかじめ印刷された五線譜に書き起こしていくテストだ。

教室の後ろに並べられた椅子にずらりと座る保護者たちは、自分の子どもの背中と手元に見入る。ただ、自分でもいやらしいなと思うのだが、どうかすると、その目はちらちらと他の子にも向く。よどみなく手を動かしている子もいれば、お手上げらしいのが後ろ姿だけからわかる子もいる。それに引き比べながら我が子の手元の動きを見てしまうのは、こんなとき避けがたい親の「性《さが》」だ。そうして我が子の手の動きに一喜一憂しているうちに三〇分が過ぎた。

「試験を終わります」

はぁ、というため息は受験生たちだけでなく保護者席からも漏れた。聴音試験の答案用紙を回収し終えると、試験監督は白黒の画面がカラーに切り替わったように明るい口調で保護者たちに言った。

「じゃ、どうぞ、皆さん、ご自分のお子さんの隣にご着席ください」

試験会場の空気が緩みかけるが、親たちの顔は不安気だ。「ご着席」ということは、まだこの場で何かあるのだろうか。試験の実施要項には面接などの予定は書かれていなかったのだが。

戸惑った顔の保護者たちは、めいめいの子どもの隣の席に腰を下ろした。

「どう？」

「うん、まあ」

小さく声を返した春香の横顔の向こうに、細いフレームのメガネをかけた子がうつむき加減で座っているのが見えた。学科でも聴音試験でも、お手上げ気味に見えた子だ。春香とのあいだに座る母親らしき女性が、しきりに何かささやくように声をかけている。無言でうつむく男の子は、頼りなげに首を振ったりかしげたりするばかりだ。

そのとき、親子たちの後ろから聞き覚えのある声が響いた。

「皆さん、どうも、どうも。今日は本当にお疲れさまでした！」

音楽室の後方ドアから元気よく入ってきたのは、大ホールで翼を広げたプリマドンナ、新庄京子校長だった。それまでひそひそ話をしていた親子たちが慌てて居ずまいをただす暇もなく、前に立った新庄校長は満面の笑みで続けた。

「今日からはここにいる皆さん全員が、岡田音楽院高等学校の一員です。合格おめでとうございます！　心から歓迎いたします」

一〇組の親子の胸の中で、再び「えっ」という声が一斉に上がった。たったいま試験は終わったばかり。推薦入試を受けた者は、試験の出来具合に関わりなく合格。試験は形式だったということらしい。

特殊な専科の高校ということもあって、志願者数は減り続けている。その推薦入試だから、よほどのことがない限り不合格は出ないという情報は、中学校や学習塾から得ていた。だが、試験が終わったその場で校長から「おめでとうございます」と言われると、あまりにあからさまな形式ぶりを見せつけられた気がして、こんなことでいいのだろうかという思いも湧く。

けれども、譲たち親子の横では、さっきまで我が子にやきもきしながら語りかけていた母親は、子どもの肘をさすりながら「よかったね」とささやいている。心から安堵した様子の母親に、「うん」と答える男の子の小さな声が聞こえた。

それが三輪亮輔くんだった。

「あの子、まだ五線譜もちゃんと読めないらしくて、これからその補習なんですって」

職員室から呼び出した先生に亮輔くんを引き継いだあと、補習教室に向かう二人を見送りながら大野先生が小声で言った。

「でも、それでセン……」

それで専科に取り組めるのだろうかと言いかけて、譲は口をつぐんだ。他人のお子さんの話だ。大野先生は譲が言いかけたことを察したらしい。

「しばらくは専科選択は保留扱いみたいよ。ウチに来る子どもたちはいろいろだから、対応もいろいろ」

「ああ、なるほど」

「ウチで音楽をやってもどこまで伸びるかは、小さい頃からの蓄積とか、言いにくいけど才能にも左右されるから、みんながみんな、音大行ってプロを目指してとは、なかなかね」

「まあ、わかります。ウチの子だってこの世界では初心者レベルですし」

「そういう点でこの『業界』は残酷な面があるけど、懸命にやっている限り、子どもたちには『弾く者同士』っていう同じ目の高さで互いを見る気持ちも育つんですよ、ウチでは。能力や評価は別にして、キミもボクも音楽を弾いているよね、同じ奏者同士だよね、というような」

「あ、それ、繁華街で急な夕立に降られた見知らぬ者同士、みたいな感じですか？」

意表を突いたたとえ話で譲が応じると、大野先生は笑った。

「ああ、そうそう、似てる。『いやあ、参りましたね』『お互い、濡れちゃいましたね』って。一瞬だけど何となく平等な感じ、同じ目の高さで気安く口がきける空気が生まれるわよね」

「ドカ雪に降られた朝のドライバー同士」

「たまたま同じ流れ星を見た者同士、も。これなんか、音楽を聴く人同士の関係にも通じるわね」

思いがけずカリスマ講師と「同士」ネタに盛り上がったあと、再び歩きはじめた大野先生のあとに続きながら譲は思った。

あんな入試にも、きっと意味はあったのだ。

形だけの試験で全員を合格させたのは、早く入学者の数、つまり顧客の頭数を確保したいという学校経営上の都合であることぐらいは譲にもわかる。だからと言ってこんなに形式化した選抜方法で入学者の「質」が保てるのだろうかと、あのときは不安や不信もないわけではなかったが、いまは少し違う気もする。

ただ「好きだから」というだけで三年間音楽に浸ってみることを選んだ春香も、プロ志望の子たちの前では「質」以前かもしれない。そんな子が、世界的なピアニストを育てたカリスマ講師に教えてもらっている。それなら、初めて音楽に触れるような子が、音楽の学び舎の屋根を借りて夕立の雨宿りをするのだってありじゃないか。

そんなことを思っていると、廊下の反対の端にある部屋から、ひょいと女性の顔がのぞくのが見えた。さっきまで開かれていた緊急総会で大野先生の前に挨拶した安藤先生だ。室内にいる誰かにひと声かけると、安藤先生は廊下に出て譲に笑顔を見せた。

「先ほどはご苦労さまでした」

こちらにどうぞ、と招き入れられたその部屋は校長室だった。部屋の真ん中で新庄校長が椅子から立ち上がっていた。

「飯島さん、今日はお疲れさまでした」

いえ、と言って譲は笑顔を作り損ねた曖昧な表情のまま頭を下げた。真偽のほどはわからないが、パワハラで訴えられた当事者が、いま目の前にいる。「これはもはやイジメのレベルじゃないでしょうか」という春香のヒダルマ・レポートが頭にちらつくが、校長の屈託のない笑みからは想像しにくい。

「頼もしい保護者が来てくださったって話してたところなんですよ。いつも言ってる

『安心して本気になれる学校』づくり。それにはまず大野先生みたいに懸命に指導してくださる先生の努力を、保護者が支持してくださることが大事なんです」

「大野先生には娘がお世話になってまして、親としてもありがたいと思っています」

「よかったわ、これからも力を貸してくださいね、頼りにしていますよ」

急に間合いが詰められた気がして、譲は半歩下がった声で答えた。

「いや、そんな。まだ新米保護者ですから」

「改革への皆さんの期待を示すあの場で、入ったばかりの一年生の親御さんからも声が上がったということが大事なんですよ」

さっきの自分の発言のことだろうか。早々と耳に入っているのは安藤先生が伝えたからだろうが、どういう風に伝わったのだろう。あのとき、本当に自分が言いたかったのは「入学前にはこんなこと聞かされていなかった」という思いなのだが。

校長先生はオープン・スクールで「安心して本気」になれる学校と言われましたけど、いま、「安心」なんてできないですよ。

そんな皮肉が頭をよぎったが、譲が言い返す言葉を思いつく前に校長は安藤先生のほうを向いた。

「じゃ、皆さんの都合もあるし、私はここにいますから。何かあったら呼んでちょうだい」

皆さん？

きょとんとしている譲を安藤先生が誘った。

「どうぞこちらに」

いったん廊下に出て入り直した隣室は会議室だった。長机が「ロ」の字に並べられ、二〇人あまりが席に着いていた。

「ああ、ご苦労さん」

外回りの営業社員を迎える上司のような声を出したのは、「そうでしょ？」の田川だ。その隣に安藤先生と大野先生が並んで座り、譲は三人の向かい側のテーブルの空席を勧められた。見渡すと見覚えのある一年生の保護者たちの顔もある。

「皆さんさっき参加してらっしゃったから、改めてご紹介するまでもないと思いますが一年生の飯島さんです。いま隣で校長先生も『ありがたい』『頼もしい』と言われてました」

安藤先生が譲を一同に引き合わせ、簡単な自己紹介が一巡した。今日の緊急総会の呼びかけ人三人のほか二名の教員がいて、他は各学年の保護者。二年生の保護者の中には「シツモン！」と言ってレッスン室の建設にまつわる話を切り出した母親もいた。

田川がまた会社の上司みたいな調子で言った。

「いや、まいったよ。飯島さんにあれだけ言われちゃうと、僕なんかもう出番なくなって失業だったな」

そう言って無理に場の笑いを誘うと、田川はこの場が校長の学校改革が潰されてしまうことを危惧するメンバーの集まり、「良くする会」だと説明した。

「もうわかったと思うけど、理事会は理事長を切ったわけだから、次に攻撃のターゲットになるのは、その理事長の肝いりでこの学校に招かれた新庄校長。その揚げ足を取るために労組なんかと組んで、パワハラとか何とか理由をつけて」

「でも、これで理事会も少し腰が引けるでしょう。飯島さんに論理的に攻撃されて、ひと言も言い返せなかったんだし」

そんな合いの手を入れたのはシツモンさんだ。

おい、ちょっと待ってくれ、という調子で譲が口を開いた。

「いや、僕は攻撃したわけではなくて質問しただけですよ。僕らにはわからないことだらけだから、疑問点をただしただけです。事実確認しないと、これから何をするにしても、しないにしても判断がつきませんよね」

何人かの保護者が小さくうなずくのが目に入った。すぐ隣でも、同じ一年生保護者の荒川美由紀がコクリとうなずき、うん、と遠慮がちに声を出すのが聞こえた。

「まあ、いきなりパワハラだとか裁判だとか聞かされるとビックリするのも無理ないわな。で、飯島さん、お仕事は何されてんの？」

大学の先生？　弁護士さんか何か？

無遠慮な当て推量にうんざりした譲がしぶしぶ口を開く。

「小さなところですが、経営コンサルタント会社をやっています」

おー、と声が上がり、また田川が口を開いた。

「ちょうどいいじゃない。私らね、理事会の経営そのものまで問題にしてるから」

経理にまで何か問題が起きているのだろうか。

「すみません、まだわからないんですが、理事会の何がそんなに問題なんですか？」

田川が口を開きかけたが、答えたのはシツモンさんだった。

「お金をかけるべきところにかけない、余計なところにお金が流れる。指導力もない人を惰性で雇い続けたり、不明朗な会計だったり」

「前はひどかったもんね」

安藤先生が相槌を打った。

「ダメな先生を切ったからこそ、これだけよくなったんですよ」

校長が教員を休職に追いやったことを言っているらしい。

「学校の雰囲気がかなり変わったわよね」

そうそう、と何人かが相槌を打った。

どんな風に変わったのかと思って、譲が尋ねた。

「その結果、成績の推移とかはどうでしょう。大学への進学率とか。あるいは、生活指導で呼び出しを食らう生徒さんの数の変化とか。企業経営者のやり方を問題にする場合なんかだと、そういう客観的な数の比較が大事なんですが」

さて、それは、と一同が顔を見合わせる。

「成績といっても、もともと本校の生徒たちは音楽の一点で集まってきているから、一般教科の成績の上下は一概に言えないんですよ。それに……」

安藤先生は保護者の顔ぶれを確認してから続けた。

「他に行ける学校がなくて、推薦で救われて入ってくる子もいますし」

譲の頭に、さっきの亮輔くんのことがちらっと思い浮かんだ。

それに、生徒を呼び出してまで指導するような出来事も、もともと多くはなかったのだと、ある三年生の母親が言った。

「なんだかんだ言われてるけど、ウチの生徒たちはそんなに悪いことはしないのよね」

街中に出ると制服を崩して着る、歩道の隅っこにペタンと座ってアイスを食べる、休日には奇抜な髪形にキメて繁華街をぶらつく。こうして目につきやすいことばかりする子たちだが、よく思い返してみると警察の補導などに引っかかる類のことはほとんどしない。

二、三年生の保護者がまた相槌を打つ。それを見て、譲は首をひねる。それならどうしてムキになって「学校改革」なんだろう。
三年生の保護者の一人が思い出したように言った。

「あの麻衣さんだって授業中は絵を描いてたって、これ、『伝説』になってますよね」

それを聞いて大野先生がのけぞって笑った。日本人初の受賞という快挙を成し遂げた自由奔放なピアニストのことだ。

「叱るに叱れなかったって、その時の英語の担当の先生からあとで聞いたわ」

その英語の先生は、「マイちゃん」がピアノが上手な子だから手心を加えたわけではなかったのよと、大野先生が思い出し笑いしながら言った。


英語の授業中、教科書を衝立のように机の前に立て、内側で一心不乱に鉛筆を動かす一人の女子生徒。それで悟られないと思うあたりが間抜けだが、とにかく授業中の落書きはやめさせなければ。そう思った英語教師は、リーダー教科書の本文を読み聞かせながら女子生徒の机に近寄る。お絵描きに没頭する生徒は、先生の声が近づいてくるのにも気づかず手を動かし続ける。やがて生徒の机の前で先生が立ち止まり、本文を読み聞かせる声が途切れた。「やばいよ、マイちゃん」と横で友達がささやく。え？先生の手が伸び、机の上の紙をつまみ上げる。女子生徒の机の上から昇天していく「大天使ミカエル』。美術学校の生徒が描いた宗教画と見まがうほどの見事なタッチ。つまみ上げたその大天使と対面して絶句した先生は、思わず言ったそうだ。

「『あのね、キミね、今度の音楽祭のプログラムの表紙絵、お願いできますか』って」

大野先生の思い出話を聞く会議室に笑いが弾けた。もちろん譲も弾けた一人だ。

あとでその女子生徒こそ将来を嘱望される若きピアニストだと大野先生から教えられ、その英語教師は二度絶句したという。

それを聞いて譲は思う。

このおおらかな空気が、堅物の音大付属の試験官が嫌った奔放な才能を大きく開花させたのかもしれない。そしてもうひとつ。「マイちゃん」が世界的なプロとして羽ばたいたいま、授業中に取り上げた「大天使ミカエル」はその英語教師にとって生涯の宝物になったに違いない。あの削り取られずに生き延びてきたバイオリンの線刻の陰影が、ふっと譲の脳裏に浮かんだ。

いい学校じゃないか。

「そういう自由な雰囲気、捨てがたいよね」

譲の心の中を言い当てるように響いたのは、意外なことに田川の声だった。

「ウチの子はクラリネットだけど、ま、きっと趣味に毛が生えた程度の腕ですよ。将来はウチの会社を任せるつもりだから、大学は情報とか経営のほうに進んでもらいたいわけ、本当はね。だもんで、高校もそれなりのとこに行くと思ってたの。だから、音楽の高校に行きたいって言いだしたときはたまげてね」

中古IT機器の流通販売を手がける会社を経営する田川の息子は、中学校時代の吹奏楽部でクラリネットにはまった。中間や期末の試験期間中も公園で練習し続ける様子は、隣近所でも評判になった。

「プロなんて簡単になれないぞって言ったら、いや、プロなんて考えてないと。プロにならないからこそ、高校のときにちゃんとクラリネットを勉強しておきたいって言うわけよ。大学ではそれどころじゃなくなる。だから高校三年間は、音楽を本当に勉強する人生最初で最後の時間なんだって。あいつ、おとなしいくせに理屈は達者なんだよな」

受験を半年後に控えた中学三年生の夏、お盆休みも公園で練習を続ける息子の姿を半ばひやかしで覗いた。暑い夏の夕暮れどき、クラリネットを吹き続ける息子の白いワイシャツは汗で半透明だ。練習の仕上げに、熱に浮かされたような表情で一曲通して吹き終えた。周りで聞いていた親子が思わず拍手すると、息子は我に返ったような笑顔を見せて照れている。それにほだされたのだと、田川は言った。

「甘いとか親ばかとか言う人もいるけど、高校ぐらい、好きなものに打ち込んだっていいかもしんないな、と。自分はそういうことさせてもらえなかったから。甘やかしてやれるのは親だけなんだから。そうでしょ？」

いつか自分が思ったのとまったく同じことを口にした田川の「そうでしょ？」に、今度は譲も文句はなかった。ついさっき大野先生と盛り上がった「同士」ネタが頭をよぎる。レベルはいろいろでも、音楽という一点で集う子ども同士、その親同士。

「そういう子も来てるんですよ。だから、校長さんが言うように、いつか一般的な道に戻れる勉強もさせておいてもらわないと困る。だから、自由なところは自由、やらせることはやらせるっていう線は引いてもらわないと」

「そうでしょ？」はなかったけれど、これも文句はない。自分の心の中にだってこの田川はいるのだと思った。

だが、それならなおのこと不思議だ。この学校を校長なりに盛り立てていこうという改革を、理事会は本当に潰しにかかっているのだろうか。

「学校改革を理事会が否定しているという証拠はあるんでしょうか。皆さん心配されている校長の解雇だって、まだ理事会では正式な議題にもなってないわけでしょう」

それにシツモンさんが答えた。

「そういうことよりも、不正会計を見抜かれたのが理事会にとっては問題なのよ、きっと」

「先ほど言われていたレッスン室の建設の話ですか」

それは一例にすぎないんですけどね、とシツモンさんは持論を展開する。レッスン室の建設には割高な費用が支払われ、通常価格との差額は施工を請け負った理事の関連会社に儲けとして転がり込んだようだ。その一部は理事の懐に入ったのではないか。

「この手のいろんな不正を、前の理事長や校長が見抜いたんだと思うんです。それで都合が悪くなって、まず理事長が解任されて、次には」

「ちょっと待ってください」

憶測ばかりの話だ。そう思った譲が強引に割り込む。

「そのレッスン室の建設、どのぐらいのお金がかかったのか、会計資料のようなものはありますか。コンサルタントの仕事でも経理の不正をめぐる相談は多いですから、その種の資料を見せていただければ、何かわかるかもしれません」

あ、と言ったシツモンさんが、バッグからファイルを取り出した。抜き出したのは、年に一回発行されている学校法人からの通信。そこに会計報告が掲載され、施設・設備費用の数字に「※」印がつけられている。欄外には、〈※うち三五二八万円はダンス・レッスン棟建設費用〉と但し書きされていた。

「これ、明らかに割高ですよね。『棟』なんて書かれているけど、小さな平屋にこんなにかかるなんて、通常考えられないでしょ」

感覚的には割高とも思えない数字に見える。

「通常だと、どのぐらいですか？」

いぶかしんだ譲が尋ねると、「それは……」とシツモンさんは口ごもった。

「類似施設の建設にどのぐらいかかるか、お調べになってますか。それと、この費用の内訳の資料は？」

「まだ、調べるところまでは……。それに内訳までは保護者向けの通信には載らないので」

「理事会に頼んで会計資料を閲覧させてもらうとか、監査役に尋ねるとかは？」

沈黙が流れた。要するに何ひとつ確かめられていない。

「これでは不正会計を指摘する材料はないに等しいと思いますよ。弁護士なんかに相談しても、逆に憶測に基づく誹謗中傷として叱られてしまうかもしれない」

何人かの保護者がうなずくのがわかった。

「もしかしたら何かあるのかもしれない。でも、まったく別の理由での理事長解任だったのかもしれない。それは軽々には言えません。でも、私たちにとっては、学校改革がどうなるか、問題はむしろそこですよね」

また何人かの保護者たちがうなずく。

「だとすれば、まずその点を保護者の立場で率直に理事会に問いただし、そこから校長の今後のことやパワハラ問題の円満解決について知恵を出し合うほうが建設的ではないですか」

たとえば校長から休職を命ぜられた教員たちについて、なるほど指導力不足だということを理事会に示せれば、むしろ理事会のほうからその人たちに自主退職をうながしてもらうことも考えられる。それで訴訟を取り下げてもらえば、校長を解雇する理由もなくなる。そんなアイディアを紹介しながら、譲は一番気になっていることを口にした。

「逆にこれ以上の泥仕合になれば、来年度の募集にも影響が出て学校の存続そのものが危うくなってきます。私の娘は、ほんのひと月前にこの学校に入ってピアノに取り組み始めたばかりです。もう、あとには引き返せない。この学校にきちんと続いてもらうこと、この学校がよくなってもらうこと、それが保護者にとって一番大切なことじゃないでしょうか」

いや、と田川が何か言いたそうに口を開いたが、譲の隣で声が上がった。

「私もそう思います」

これまで発言していなかった一年生保護者の荒川さんだ。

「こういうことを私たちは心配しているんですって、理事会に手紙を書いてわかってもらったらどうですか。その心配の種を取り除くためにお互いに話し合いましょう、みたいな」

荒川の発言に励まされて二年生や三年生の保護者たちの何人かも、そういうところから始めたほうがいいわよね、と声を挙げた。

それを聞いた田川が、腕組みして少しふんぞり返った。

「あのね、理事会はそんなヤワなことしても変わらないよ。前の理事長をクビにするなって我々がじゃんじゃか電話したのに、とうとう解任しちゃった人たちなんだから」

だからですよ。そんなことをするからこじれるんじゃありませんか。

そう言ってやりたい気持ちを、譲はなんとかオブラートに包んだ。

「企業の内部紛争などを見てきた経験から言うと、仮に目的は正しくても挑発的な行動が相手を追い詰め、かえって相手が攻撃的になってしまうということはよくあります。これ以上憶測で理事会を攻撃して、かえって校長先生の解雇に向かわせたのでは、皆さんとしても本意ではないでしょう」

話しながら、自分の口ぶりがますますワンマン社長を説得するときに似てくるのがわかる。別に専門家ぶるつもりはないのだが、専門家なのだから仕方ない、か。

「じゃ、具体的に何をしたらいいと思うの？　飯島さんとしては？」

安藤先生に尋ねられた譲は天井を仰いだ。考え事をするときの癖だ。

「まず、保護者だけの組織を立ち上げたらどうかと思います。たとえば、ここにいらっしゃる方の何人かでとか」

組織ならこの会があるじゃないかと田川が言うのを制し、譲は言った。

「理事会から見れば、この会は自分たちを最初から『敵』と決めつけている集団に見えるから、何を言っても色眼鏡で見られてしまうと思います。どちらの側にも立たない、純然たるお父さん、お母さんの集まり。その集まりが学校改革のことに絞って理事会の見解を問う。先ほど荒川さんが言われたように、整理された質問を含めた手紙にして送るわけです」

その回答を足がかりに、その保護者有志の会と理事会とが話し合いながら問題解決の方法を探る。

あら、それ、いいじゃない、というようにうなずいた大野先生が尋ねた。

「その保護者の集まり、飯島さんが代表をやってくださるのよね？」

もうあと戻りはできないなと、譲は覚悟を決めた。言っておくがＰＴＡの類は嫌いだぞ、と思いながら。

夜、食卓が片付いてからパソコンの画面とのにらめっこが続いている。

「お父さんが家で仕事するのって、けっこう珍しいね」

オレンジジュースを飲みに来た春香が言った。

「仕事じゃないよ。ていうか、仕事よりもっと大事な仕事」

「何それ」

「まあ、読んでみ」

ノートパソコンを春香のほうに向けた。画面に打たれた文字を読み始めてすぐ、春香がすっとんきょうな声を上げた。

「えー、これってウチの学校のことじゃん？」

理事会って何するとこ？　理事長って校長よりも偉いの？「今後の学校運営が不透明」って、ウチらどうなるってことなの？

数行読み進めるたびにあっけらかんと尋ねる春香に、譲は知っていることを伝えた。隠すつもりはなかった。校長の学校改革を強く支持する人と、校長のパワハラに懸念を深める理事会。それがこれ以上の対立を深めないように、理事会に宛てた質問状を書いている。校長の学校改革を評価する保護者もいることを伝え、改革についての理事会の見解を聞かせてほしいという質問状だ。

「まあ、話し合いのきっかけを作るための手紙だな」

「で、お父さんは、どっち派？」

「いや、あのね、そんなに単純に色分けするとダメなんだ、こういうことって」

春香のヒダルマ・レポートが伝えたように、校長のやり方に首をかしげる面は大いにある。けれども、改革が必要だという気持ちもわかる。

「じゃ、お父さんはインケン派だね」

自分のどこが陰険なのだ、と真面目に悩みかけて気づいた。

「それ『穏健派』だろ。お前、国語の授業中、絵でも描いてるんじゃないか」

「え（絵）？」

譲の口を突いて出た冗談に、今度は春香がきょとんとした。あの大野先生の愛弟子、いまや世界の御崎麻衣の「大天使ミカエル」の話をすると大喜びだ。

「いいね、それ。なんか、あの生き残ったバイオリンみたいだよね」

マイちゃんの絵の話からバイオリンの線刻を連想して「いいね」と言うのを聞いて、譲が今度は春香を少し見直した気分になる。

春香はあのオープン・スクールの日に見つけたバイオリンのことを、仲のいい子たちに教えたのだという。フーンのひと言で済ませる子もいたが、「ヨッちゃん」という子が「めっちゃ感動してた」のだと春香は言った。

「『やだ、何これ、すごーい。ねえねえ、すっごくオシャレじゃなーい』って、超ウケてた。ヨッちゃんがそう言うぐらいだから、やっぱり、落書きなのに魅せるっていうか、人知れず輝いてる感がいいんだよね」

「～感」をつけると、気の利いた表現に聞こえるから不思議だ。

「そのヨッちゃんて子も、専科はピアノなのか」

「フルートだよ。あ、言っとくけど男の子だから。良樹くん。でも、ウチらの間では『ヨッちゃん』て呼ばないと反応しないの。ま、半分はネタでやってるんだけど、最近は先生たちも指名するときは『ヨッちゃん』だよ」

女性のファッションのことは自分たちより詳しいし、ちょっとマンガを貸しただけなのに、お返しにおいしいクッキーの包みを添えてくれて、「ハルちゃん、ありがと！」と書かれた付箋、「これがまたかわいいんだ」と、その人気の一端を春香はぺらぺらとよくしゃべる。いつも男の子ではなく女の子のグループの中にいて、和やかな空気を作り出すムードメーカーらしい。

やっぱりいい学校に入ったのだなと、譲は思った。

それならなおのこと、その学校が壊れるようなことにはしたくない。その思いを理事会にも伝えたい。ノートパソコンを引き寄せて、譲は一気に文面を仕上げた。

翌日、会社には二時間ほど遅出すると伝えてあった。「良くする会」の場で知り合った他の保護者たちと学校で落ちあい、文面に目を通してもらうためだ。理事会宛に質問状を送る組織の名は、「良くする会」と区別して、「岡田音楽院高校の生徒たちを守る会」とつけた。ベタな名前だという気はするが、凝った名前を考えている暇はなかった。荒川さんほか、あの会議の場で賛同してくれた一年生から三年生まで、五人の保護者たちが名前を連ねてくれた。文面に異論は出ず、ちょっとした字句訂正だけで話が終わりかけた頃、会議室に新庄校長が顔を出した。

「朝からご苦労さまです。飯島さん、終わったあとでかまわないから、帰り際、ちょっとだけ寄ってもらえる？」

もう打ち合わせは終わりましたからと、譲は五人と別れてそのまま校長室に向かった。

勧められて腰を下ろした応接セットのソファーは柔らかすぎて、少し前かがみで足を踏ん張っていないと偉そうにふんぞり返ってしまいそうだ。

「この前の話し合いのこと、安藤から聞いたのよ。やっぱりさすがねえ、飯島さんは。話に説得力があるから、上級生の保護者の信頼まですぐに得てらっしゃる」

「いえ、とんでもない。先輩のお母さん方も同じ思いだということでしょう。それに仕事で企業内の争い事に触れることもありますから、多少の慣れがあるだけです」

「そういうことに慣れてる保護者なんて、めったにいないですよ。そこで大事なお願いがあるんです。これは飯島さんにしか務まらないと思うのね」

はあ、と曖昧な声を出した譲の前で校長が姿勢を正す。大柄な体がさらにひと回り大きくなった。

「飯島さんにね、今年度の保護者会会長をお引き受けいただけたらと思うんです」

新しい保護者会役員の選出の時期が近いことは、さっきの五人のお母さんたちとの雑談で聞いたばかりだ。どの学校でもクラス委員を出すだけで苦労するご時世だから、役員、ましてや会長を引き受けてくれる保護者を探すのには苦労する。年度末近くになると前年度の役員は目星をつけた保護者を片っ端から説得にかかるが、もつれると、最後は校長経由での説得が決め手となることも多い。だから、選出時期も迫ったこの時期、校長から保護者に「会長を」という打診があること自体は珍しくない。

だが、自分はまだ一年生の保護者だ。そんなこと以前に、自分はその手の仕事はやりたくないというのが本音でもある。

「一か月前に入ったばかりで保護者会のことなんて何もわかりませんから、かえってご迷惑をかけるだけだと思います」

「それは心配ご無用。補佐してくれる役員経験者はいるし、職員にもサポートさせます」

「それだったら最初から役員経験のある方がなられるのが普通でしょう」

「問題は経験ではなくて、説得力を持って語る力なんですよ。お願い、どうか力を貸してちょうだい」

ここで内諾が得られれば、すぐに役員会に話を通すと新庄校長は言う。

いや、まだ一年生なのにと譲が抗うのは、経験不足だけが理由ではなかった。面と向かったいまも、問いただしたいぐらいなのだ。

ヒダルマ先生をいじめましたか？　パワハラと言われるようなこと、されたのですか？　これだけ学校の中でもめていることを、私たちは聞かされていませんでした。いま、「安心して本気になる」ことなど、できませんよ。

だが、校長が連呼する「学校のためにお願い」「生徒たちのために力を貸して」という言葉は抗いがたい呪文だった。保護者会会長になれば、校長のやりすぎに諫言《かんげん》できるかもしれない。自分なら、田川たちが性急に走るのを押しとどめられるかもしれない。少しばかりの自負心と、これは我が子のためでもあるのだという思い。二つが胸の内で一つになったとき、譲は根負けしていた。

「まったく自信はありませんが、そこまでおっしゃるのでしたら」

そう口にしてから、また思った。自分はＰＴＡの類は嫌いなのに。

6　幻の三役　変ト長調 op.10-5

「一年生の方にとって会長というのは、重すぎませんか。あ、飯島さんがダメとかじゃなくて。すみません」

ある保護者会役員が発言したあと、ぺこりと譲に頭を下げた。

いえ、と、譲も頭を下げる。自分でもそう思うもの。

それまで手分けして行ってきた打診の結果や校長からの推薦を持ち寄り、間近に迫った総会に推す役員候補者を決める役員会。もちろん焦点は、会長と二名の副会長という三役候補補者の決定だ。会の冒頭で顔を見せた新庄校長は、飯島さんを次期保護者会会長に推薦したいと語ったあと、何かあれば校長室にいるからと言い残して席を外していた。

席を外した校長に代わって飯島を推すのは田川だ。

「いや、規約上は一年生でも全然問題ないし、優秀な方ですよ、飯島さんは」

「それだったら飯島さんには今年は副会長をお願いして、会長は役員経験のある方にお願いするというのはいかがでしょうね？」

温厚なお母さんという感じの会長が知恵を出すと、大方の保護者がうなずいたが、田川が露骨に口をとんがらせた。

「いいじゃない、せっかくやりましょうと言ってくれてるんだから。だいいち、飯島さんじゃないなら会長は誰がやるのよ。そうでしょ？」

「高岡さん、いかがですか。上のお子さんのときにも会長を経験されているし」

会長の提案に何人かが一斉にうなずき、一人の役員に視線が集まった。譲より少し年上の、グレーのジャケットを着た穏やかそうな父親だ。

「いや、同じ人間が何度もやるのは望ましくないですよ。ただでさえ硬直しやすい組織だから、いろいろな方がやられるのがいいでしょう。前例じみたものにとらわれないためにも、一年生保護者が会長というのは新鮮でいいと思います。飯島さんでしたっけ、私、喜んで応援しますよ」

高岡は譲のほうを向いて、笑顔で会釈した。

恐縮して会釈を返しながら、なかなかの人物だなと譲は思う。保護者会役員たちを目の前にして「硬直しやすい組織だ」なんて言い切るあたり、腹が据わっているし、他の役員のそぶりを見ても人望は厚そうだ。

あの、よろしいでしょうか、と譲は切り出した。

「一年生保護者の身でいきなり会長はどうかなという思いは、私自身にもあるんです。

差し支えなければ、高岡さんに会長になっていただいて、それをお手伝いしながら私なりに勉強させていただくということでいかがでしょう」

「勉強させていただく」なんて我ながらもったいぶった口ぶりだが、役職から逃げるわけではないという意図は伝わっただろうか。

ところが、それを聞いて田川が慌てた。

「いや、いや、いや、いいんだってば、飯島さん。校長も期待されてるわけだから」

譲が口を開くより先に、別の保護者がとりなすように言った。

「校長先生が期待されている方なら、なおさらきちんと慣れるための時間を差し上げないと失礼ですよ、ねえ、高岡さん」

ぱらぱらと起こった拍手を聞いて、まいりましたねえ、と高岡が苦笑した。

「こんな『昔の名前で出ています』みたいなので気が引けるけど、飯島さんが一緒にやっていただけるということなら」

誰かが「その曲、いま知らない人のほうが多いですよ」と冗談を言って座が和んだのに、田川だけはむすっと腕組みしていた。

「飯島さん、飯島さん」

駐車場で追いかけてきたのは、高岡と同じ二年生保護者の矢野謙太だった。たったいままで開かれていた保護者会の役員会で、譲と一緒に副会長候補に選ばれたばかりの父親だ。

役員会が始まったときには気づかなかったが、保護者たちから推す声が多かった副会長候補として「ご存じ、ヤノケンさんです」と紹介されたのを見て驚いた。

あの「ヤノケン」が、この学校に子どもを通わせていたんだ。

「ヤノケンのお休み前に」という地元のラジオ番組がある。県内や市内の政治ネタ、注目のイベント紹介、地元起業家の活躍ぶりなど、いま地元で起きていることをその名のとおりお休み前に硬軟取り混ぜて伝える番組だ。番組名に掲げられるヤノケンこそ、この番組の司会を務める矢野謙太。地元出身の歌手としてデビューしたが、いまはＤＪ、イベント司会者として売れっ子。岡田市民で知らない人はないというぐらいのローカル有名人だ。

だから、顔ぐらいは譲も知っているし、昨夜も遅くなった仕事帰りのカーラジオでは彼が県内の町おこしイベントについてしゃべっていた。そのヤノケンの顔が、岡田音楽院高校の保護者会役員会の中、それも譲の二つ隣の席にあった。役員会が終わったとき、ヤノケンは神妙な顔で譲に自己紹介した。

「同じ副会長候補になりました矢野謙太と申します。はじめまして」

「いや、昨夜もじっくりお話をうかがったばかりです」

冗談めかして答えると、ヤノケンも「ども」と頭を下げて笑った。

そのヤノケンが、追いついて言った。

「飯島さん、よかったら晩ご飯どうですか。午後九時半までに局に入ればいいんで、その前に高岡さんと三人で。高岡さんとは子どもが同学年のバイオリン科同士だから前から知り合いで、僕の店に五時半待ち合わせってことにしてます。これから一緒に三役やるわけだし、どうです？」

すぐに譲はスマートフォンを取り出して和美にメールを打った。

〈ごめん。メシ、いりません。役員会の流れで、あのヤノケンさんと一緒！〉


音楽院高校から車で一五分足らず。ヤノケンが経営するレストランは市の北寄り、城山公園に連なる丘の中ほどにある。フレンチをベースにした創作料理のお店だ。窓からはるか先の港まで見通せる市の夜景が売りだが、派手な宣伝はせず、「知る人ぞ知る」路線で続けてきたとヤノケンは言った。

今日は最初の顔合わせですから、とヤノケンはオーナールームに案内してくれた。裏階段を使って上がる隠し部屋だ。客のいるフロアが一望できるが、逆に下からはまったく見えない。奥の壁が天井に向かって勾配しており、直角三角形の形をした屋根裏部屋だ。しばらくして挨拶を兼ねて料理長自身が店員を従えて前菜を運んできたのは、オーナーの招待客だからだろう。

　さあ食べましょうとヤノケンが声をかけると、高岡がテーブルの上で手を組んで首を垂れた。一〇秒ほどして顔を上げた高岡は、市では最北端にあたる地区で牧師をしているのだと言った。

「へえ、牧師さんですか。牧師さんということは、ええと」

　天井を仰ぎかけた譲に「プロテスタントですよ」と言って笑った。

「カトリックの神父さんは一般に妻帯できませんが、牧師はごく普通に結婚できます。だから子どももいるわけでして。それと、よく聞かれるんで念のために言っておくと、子どもの頃にご覧になった悪魔祓いが出てくる有名なホラー映画ね。あれに出てくるのも神父さんでして、牧師の私はああいうことできませんから」

　譲とヤノケンは、これ、笑うとこだよな、と目で確かめ合いながら笑った。

　高岡が牧師を務める地区は、二〇年ほど前に岡田市と合併した。茶畑や果樹園の広がる農村と新たに造成された宅地が入り組み、地域にはムラの人たちと市街地で働くベッドタウンの人々が混じり合って暮らす。

　ムラだろうとベッドタウンだろうと、しょせん私たちキリスト教徒は「希少種」でしょ、と高岡は言って、譲とヤノケンをまた笑わせた。

「ところがね、希少種同士でもムラで育ったのとベッドタウンで育ったのとでは、いろいろと違うんです。議会で話題になっている縦貫道についての賛否とか、自治会についての考え方とか、果ては公園の掃除や通学路のパトロールの方法まで」

だから、教会でもその手の話が出ると、それぞれの話の聞き役にまわるこっちもけっこう堪えますと、高岡は胃のあたりをさするまねをした。

「聞けばそれぞれに言い分はある。どっちかに白黒をつけることよりも、よく聞き取ってあげて、話し合ってみようかという気になって帰ってもらう。牧師の分を超えたことかもしれないけれど、教会ではフリートークの場を設けてそんなことをしょっちゅうやっています」

それを聞いてヤノケンが身を乗り出した。

「ウチの高校みたいですね。こんなに小さな高校なのに、理事会と校長さんとがもめて」

入学後に聞かされた新入生の親としては、かなりショックですよと譲が言った。

「このままじゃ学校改革が潰されるって熱くなってる人までいて、はっきり言ってかなりビックリしました」

譲が緊急総会の日の一部始終を話すのを聞いて、ヤノケンが言う。

「そんなに必死に『改革』しなきゃいけないほど問題がある学校ですかね。飯島さん、お子さん入れてみて、いまウチの学校、どんな印象です?」

「まだわからないですけど、このもめ事の一件は別として、ほどよい緩さと多様性というか、要はいろんな子がいそうで面白いですよね。僕は好きですよ、音楽院高校の雰囲気」

「よかったあ。これで安心して告白できます。高岡さんはとっくに知ってるんですけど、実はカミさんがこの学校に勤めてるんです。非常勤講師ですけど、声楽のほうを」

なんと、そうだったのか。目を丸くしてから、今度は譲が尋ねた。

「奥さんから聞く新庄校長って、どういう方ですか？」

「うーん、なんていうか、ああいうの、『急ぎすぎ』というのかなあ」

着任早々の新庄校長が、指導の「見える化」と称して各教科担任に授業中の子どもたちの私語回数をリスト化させようとしたことがあった。さすがに先生たちも生徒の私語回数まで覚えていられないから総スカンを食ってリスト化はうやむやになったが、いつも騒がしい授業の教科担任の中には生徒の前で校長に罵倒され、教科担当から外された人もいる。

自分の長男が通っていた頃から授業レベルが問題にはなっていたから、校長もそれを何とかしようと焦ったのだろう、と高岡が言った。

「音楽以外の普通のお勉強の学力の点で受験のときに困るとか、進学できても行った先の大学の授業で恥をかくとか。そういう声があったのは事実なんですよ。だけど校長が他の先生を生徒の前で『失格教師』呼ばわりするのは」

「パワハラと言われても仕方ないですね」

そう言いながら譲はヒダルマ・レポートを思い出していた。

そのパワハラを親が容認しかねないのが一番気になる、と高岡が言う。

「いまは、すぐ成果を求める人が多いでしょ。そういう人たちは、ダメな人は切ればいい、クビになるのは本人が悪い、と決めつけてしまう。世間で流行りの『成果主義』『自己責任』みたいな考えが、学校にも押し寄せてきたって感じがするな。教会が困窮している人のための寄付を街頭で募ってても、寄付しないいだけじゃ気が済まないのか、わざわざ近寄ってきて、貧しいのは自己責任だ、みたいなことを言い捨てていく人がいるご時世ですから」

「ただ、カミさんに専科の話を聞いてると、校長が責めるのも無理ないっていう先生も」

うん、いるねと高岡がうなずいて、「どっちもどっちなんだ」と言った。

時間が来たらハイおしまい。教えっぱなし、言いっぱなし。そういう先生に限って、熱心な先生の足を引っ張る。学外コンクールに挑む子の練習を空き時間に見てやろうとすると、学外で演奏する曲の練習を見るのはおかしいと騒ぎだすのだ。当然のことながら校長は熱心な先生のカタを持つから、そのテの足を引っ張ろうとする先生たちともめることになる。

譲は大野先生の言葉を思い出していた。子どもに手をかけるという当たり前のことができない人がいると、カリスマ講師は嘆いていた。

「ただね、校長の改革に期待するにしてもね」

どうして理事会に敵意むき出しなのか、そこが自分には不思議だとヤノケンは言った。譲は「良くする会」の話をかいつまんで説明した。

「校長がパワハラを理由にして解雇されるのを心配しているんですよ。新庄先生を校長として迎え入れた理事長が解任されたもんだから」

それを聞いて高岡は首をひねる。

「理事さんたち、校長まで切るつもりで動いたのかな」

キリスト教系の学校法人互幸会は岡田音楽院高校と幼稚園を経営している。理事を務めるのはキリスト教関係者のほか、地元企業の元社長や元校長といった地域の名士だ。この理事たちにしてみれば、学校が穏やかに運営されることが一番のはずだ。それを聞いた譲は、一つのことに思い当たった。

「パワハラ問題で理事会がAユニオンの言いなりになって一方の側に立ったから、それで話がややこしくなったのではないですか。はじめはそこまでやるつもりはなかったのに、ユニオンの言うままに校長を攻撃し始めちゃったもんだから、事態の収拾の仕方がわからなくなってしまった、とか」

パワハラの通報をうながす相談窓口がなぜか労組のブログに紹介されていた話を譲が口にすると、高岡とヤノケンがうなずいた。高岡はグラスの水に手を伸ばしながら言った。

「直接会って話してみましょうか」

それを聞いた譲とヤノケンが同時に口を開いた。

「誰とですか？」

「理事会の方たちと。我々は今年の保護者会の三役でもあることだし」

7　オブザーバー　ハ短調 op.10-12

その三役の話が、一週間であっさりお流れになった。

一週間後の保護者会総会で高岡とヤノケン、それに譲の三人は次年度三役候補として役員会から推薦されたのだが、番狂わせが起きた。いや、番狂わせに見せかけた、それはお芝居だったかもしれない。

総会の場で三人の名前が挙げられ、三役候補としてステージに上がるまでは、いつもの段取りと変わらぬ流れだった。「何か質問、ご意見のある方は」と議長を務める前年度会長が型どおりに言う。普通は意見など出るわけもなく、「それでは拍手でご承認を」となる。それが良くも悪くも、譲の嫌いな前例踏襲というものだ。

ところがこの日は違った。総会に出席していた一人の母親が手を挙げたのだ。

「シツモン！」

あのシツモンさんだ。

「いま並んでいらっしゃる方たちがダメというわけではないんですが、なんで選挙をしないんでしょうか」

会場がざわつくのもかまわず、シッモンさんは続けた。毎年、役員会が人選と調整を済ませ、保護者は最後に拍手で承認するだけ。でも、もしかしたら、他に役員を引き受けたいと考えている人がいるかもしれない。届け出期間を設定して他に立候補者がいないかどうかを確かめ、対抗馬が現れたら選挙で選ぶべきではないか。

なるほど正論には違いなかった。段取りが狂った前年度保護者会長は議長席でうろたえ、最前列に並ぶ旧役員たちにすがるような目を向けた。

「ちょっと、いい？」

挙手して最前列で立ち上がったのは、前年度副会長の田川だ。

「副会長の田川です。いや、おっしゃるとおりなんですよ。前々から私も役員をやりながら、これでいいのかなとは思っていたんです。どんなに立派な候補者でも、『密室』で決めるのはよくない、そうでしょ？　いまの方が言われたように、一週間ぐらい他の候補者も募って、改めて総会で選挙ということにしたらどうかな、会長」

副会長に段取りのはしごをすっかり外された会長は、うらめしそうな顔でしぶしぶ次の週の臨時総会を宣言し、この日の総会は流会となった。

当然のように譲たち三人は、ヤノケンの店に集合した。ランチセットをつつきながら、ヤノケンが憤懣やるかたない顔だ。

「なんなんですか、あれは。田川さんも、僕らが候補として決まった役員会にいたじゃないですか。選挙すべきだと本当に思っているなら、あの場で言うべきでしょう」

それを聞いて高岡は苦笑した。

「『昔の名前』が気に入らなかったんですかねえ」

あのとき、譲ではなく高岡が会長候補になったことに一人不満げだったのが田川だった。そして今日の総会で選挙をすべきだという口火を切ったのは、田川と同じ「良くする会」のシツモンさんだ。それを思い出した譲が口を開いた。

「『良くする会』や校長に近い人の中から会長が出ないと気が済まないだけですよ。僕が会長に推薦されたのも、『良くする会』が扱いやすいヤツと思ったからじゃないかな、一年生保護者ですし」

「てことは、次の土曜日の総会では『良くする会』の誰かが対抗馬として出てくると、こういうわけですね」

ヤノケンがＤＪのようにテンポよくまとめる。

でしょうね、とうなずいてから、譲は二人に向かって言った。

「もし対抗馬が立ったら、その場で退きましょう、僕たちは」

選挙になっても、経験もあり人望もある高岡が当選する可能性は高い。だが、たとえ全体の三分の二の票を得て勝ったとしても、三分の一の反対派を抱えて保護者会を運営することになる。ことあるごとに、理事会に食ってかかりたがる人たちをなだめたり、すかしたり。そんなことをしながらの一年はキツイ。

「逆のほうがまだ楽ですよ。僕らは穏やかに話をしようと思っているだけで、新役員を突き上げる気なんてないわけですから。僕らは火消し役に徹すればいい」

会社内で派閥抗争が起きると、勝敗が形になって表れたあとのほうが会社運営に苦労することが多い。だから強い側が譲歩して満場一致の形を作ることも、時には大事だ。

「なるほどー、コンサルティング経験豊富な譲さんの『ゆずる案』というわけですね。いかがでしょう社長、もとい、会長」

ヤノケンがまた面白おかしくまとめると、高岡まで「違うよ、会長になる前に失脚したんだよ、僕は」と笑ってから続けた。

「その『火消し役』のことだけど、ある理事に連絡してみたら、会ってもいいような口ぶりなんだけど、どうしますかね。我々、どうやら三役じゃなくなりそうなわけだけど」

牧師である高岡は、地域のプロテスタント系団体の連絡会に所属している。宗教法人や教会、プロテスタント系の学校法人、いまは教会を持っていない聖職者などの連絡会だ。その連絡会の事務局を引き受けている高岡は、同じ会に所属している学校法人互幸会の理事の一人と連絡を取った。

「向こうは予想外にフランクで、一般の保護者が何を考えているのかということは気にしてるみたいだった。ただ、我々のほうがヒラの保護者になっちゃうわけだから、会いに行く名目が何かないと」

それなら、と譲は一案を思いついた。少し前、「良くする会」とは一線を画す形で「生徒を守る会」を立ち上げ、理事会宛に質問状を書いた。リビングで春香に「インケン派」と言われながらパソコンをカタカタやったやつだ。字句修正のあと、荒川さんが〈プリントアウトして理事会に発送しました〉とメールをくれた。

「文書だけ一方的に送りつけて終わりというのも失礼なことだと思いますので、その趣旨説明を兼ねてうかがいたい、というのはどうです？」

「守る会」には譲も名を連ねているし、高岡やヤノケンが同行する趣旨を伝えれば、一緒に文案を考えてくれた保護者たちも異存はないはずだ。

譲の提案を聞いて、ちょっと電話してくる、と席を外した高岡は五分で戻ってきた。

「六月六日土曜日の午後、理事会にオブザーバー参加してくれていいって」

理事会の場に顔を出してもいい。高岡が言うとおり、思ったよりもずっとフランクな対応ぶりですねと、譲はヤノケンと顔を見合わせた。どんな変化球が返ってくるかと身構えていたら、ど真ん中、ゆるゆるの直球を投げ返してきた。これまで妙なクセ球やビーンボールのような危険球を投げてきたのは、田川たちの側だったのではないだろうか。「うかがってきちんと話がしたい」ということを、彼らはただの一度でも持ちかけてみたことはなかったに違いない。

「この道に入るんだよな」

三役崩れの三人が乗り込んだ車を高岡が運転している。団体事務局の用事で、二度ほど郊外の互幸会の会館に出向いたことがある。ある教会の敷地内だが、駐車場には何台も停めるスペースはなかったはずだからと、譲とヤノケンを学校で拾って自分の車に便乗させてくれた。

後部座席のヤノケンが退屈しのぎに譲を茶化した。

「飯島さん、アナウンサーの素質ありますよ」

この日の午前中に開かれた、仕切り直しの保護者会総会、新役員選出の場のことだ。案の定、会長の役員推薦候補である高岡の対抗馬には彼を推薦した側だったはずの田川が立候補し、副会長選ではヤノケンや譲に対してシツモンさんともう一人の母親が対立候補として立った。それでは役員から推薦された候補者と立候補者のあいだで選挙をとなりかけたところで、譲が発言の許可を求めた。

いま、どの学校でも、保護者会の役員の引き受け手がなくて困っている。自分たちも推されて候補を引き受けたものの、面倒だなという気持ちはどこかにあった。ところが、今回、こうして立候補までされた方たちを前にして、実に奇特なことだと感謝の気持ちで一杯だ。推されたわけでもないのに手を挙げられた方にお任せしたいと考え、私たちは辞退させていただきたい。

「いや、あれは相当皮肉が利いてるから、アナウンサーというより政治家でしょう。少なくとも牧師には、ああいう風には言えないね」

そう言って高岡が笑った頃、左手に教会とこぢんまりした洋館風の建物が見えた。玄関にはアーチ型の雨よけ屋根がせり出し、鎧戸付きの窓の上辺が丸くデザインされていて洋風建築を思わせる。車を降りて近寄ると建物はずいぶん古びていて、互幸会の歴史の長さが感じられた。

インターホンを押して高岡が名乗ると、中で返事が聞こえた。

教会内に建つ古い洋館風の建物。黒いガウンをまとった聖職者でも出てくるのだろうか、と譲は少しどきどきしたが、ドアを開けたのはワイシャツ姿の細身の男性。あの緊急総会で答弁に窮していた、白髪頭を七三に分けた理事だった。

「やあ、ご苦労さまです。道、すぐわかった？」

高岡にそう言ってから譲に気づいた理事は、「あのときの」と言った。譲がちょっと気まずそうに「その節は」と首をすくめるように会釈すると、理事は苦笑した。

「あの日はまいりましたよ。何の会かもよく知らずに出向いたこっちも悪いんだけど、とんだ大恥かいちゃった。ま、どうぞ、これから始まるところです」

「堀田和彦です」と改めて名乗った七三の白髪頭は、新理事長に選任されたばかりだった。小さな会議室に集まった理事は七人で、堀田を含めて四人が聖職者、残る三人は地元企業の役員や元社長。この七人のほか他県の私立高校の元校長も理事の一人だが、今日は風邪で欠席。同じく理事の一員である同窓会長も、よほど重要な決議事項があるとき以外は顔を見せない。そして校長には現在係争中の身ということで、しばらくご遠慮願っている。

互いに簡単な自己紹介を交わすうちに空気がほぐれたのは、明るいトーンの会話が身上のヤノケンがいてくれたおかげだ。僕もときどき聞いているよ、と堀田は笑ったあと、本題を切り出した。

「今日の議題でもあるんだけど、いただいた質問状ね。保護者の皆さんが心配する気持ちは私たちだってわかる。私たちだってこの学校は大事なんですよ」

「お金が儲かるから大事だとか、そういうことじゃないんですよ」

横から別の理事がそう言って口を挟むと、堀田がうなずいた。

「儲かるどころか、経営維持のために苦労しているんです、もう、何年も、何十年も」

堀田はどこから話を始めたものかとちょっと思案顔になり、譲のほうを向いた。

「お子さん、新入生って言われましたね？」

譲がうなずくと、それならまだ「音楽祭」は経験していないねと言った。

「音楽院の校内音楽祭のことじゃなくて、岡田市平和音楽祭。ニュースで見たこと、ありませんか」

ああ、毎年七月の終わりに開かれる市の音楽祭のことか。

「あれ、前は五月の終わりに開かれていたの、ご存じですか」

譲はかぶりを振った。

「七〇年前の戦争の最後の年の五月、岡田大空襲と呼ばれてる空襲があったでしょ」

東京や大阪のような大都市ではないが、岡田市には軍需工場が多く集まっていた。米軍はそれを徹底的に破壊しようとしたらしい。無差別爆撃による市民の死亡率を比べれば、あの東京大空襲を上回ったという。岡田市民なら子どもの頃に必ず聞かされる戦争の悲劇だ。

それが音楽祭の生まれるきっかけだった、と堀田は言った。

「音楽院高等学校の正式な創設は一九五三年、昭和二八年だけど、宗教者であり教育者でもあった学祖は敗戦直後から、焼け残った教会で小さな学校みたいなものを始めていたんです。いつかミッション系の学校を創ろうと、戦争中は閉鎖されていた教会を再開させて音楽や歴史、英語なんかを教えはじめたわけ。それが音楽院の源流で、僕はその学祖から当時の話を暗記するほど聞かされましたよ」

戦前戦中の当局からは疎まれた教会だが、進駐軍とは相性がよかった。やがて進駐軍がどこかで見つけてきたピアノを運び込んでくれ、そこに戦争を運よく生き延びた何人かのプロ、アマチュアの音楽家が自分の楽器を持って集まるようになった。

敗戦の翌年、まだ街にたくさん残る焼け跡に焦げたにおいが漂っていた時期、彼らの中から音楽会をやろうという声が上がった。

「大空襲の一年祭を兼ねて、空襲のあった晩に教会で楽器や歌を披露しようということになったんです」

数少ない奏者、わずかばかりの楽器。きっと貧弱な演奏会だったはずだ。教会だから選曲も宗教曲が多く、一般ウケする曲は少なかったかもしれない。それでも敗戦からわずか一年足らずという時期、音楽の生演奏を聴く機会などめったになかったから、教会で開かれた音楽の夕べには思いがけず大勢の近所の人たちが詰めかけた。

「学祖が司会を務めて、順番に曲が披露されたんです。そこでの光景を、学祖は生涯忘れられないと言われていました」

教会に集う音楽家の中に、復員してきた若いバイオリン奏者がいた。その演奏に合わせて、疎開先から戻ったアルト歌手が『マタイ受難曲』というキリストの受難をテーマにしたバッハの曲から「憐み給え、わが神よ」というアリアを歌った。

美しくも物悲しい旋律の曲だが、歌詞はドイツ語。七〇年前の日本では一般的とは言い難い宗教曲だった。机も椅子も片づけた教会の床に座る住民のほとんどが初めて聞く曲で、ましてやドイツ語の意味などわかるわけがない。

バイオリンとのかけあいで進むアリアが中盤にさしかかる頃、そでから仮設のホールを見渡していた学祖の目に入ったのは前のほうの床にペタンと座る老婆の姿だった。開演前、奏者たちに近いところに、どっこいしょと陣取ったもんぺ姿の老婆。「西洋のお寺さん」に行くのだからと気を利かせたつもりなのか、墓参りなどに持参する数珠を手挟んでいるのには苦笑させられた。

見ればその老婆は、いつの間にか固く目を閉じている。静かに高揚するアリアの旋律をよそに目をギュッと閉じ、がっくりと首を垂れているのだ。学祖はそれを見て、西洋のお寺さんの音楽に退屈して居眠りしているのだと思った。やっぱり唱歌や童謡も聞かせてあげればよかったかな、と。

だが、次の瞬間、学祖は瞼を閉じた老婆の顔の下で、そのしわくちゃの両の手がぴたりと合わされているのに気づいた。

眠ってなどいない。

由来も意味もわからない歌声に目を閉じて聞き入り、仏壇から取り出してきたに違いない数珠をかけた手を合わせ続ける老婆。それは、何かを祈る「ひと」というものの姿だった。たとえその祈りが、仏式であれ何式であれ。

やがてアリアを歌う若いアルト歌手がその姿に気づいた。自分に向かって、いや、自分の歌声に向かって懸命に祈る一人の老婆の姿。それを目にした歌手の唇がほんの一瞬だけわななくように震え、柔らかなアルトの旋律がレコードの針が跳んだようにわずかに途切れた。気づく人などほとんどいない、ほんの一瞬のブレス。

歌声の微かな変調で、今度はバイオリン奏者が老婆に気づいた。バイオリン奏者はそれから曲が終わるまでのあいだ、老婆が顔の下で合わせている手からけっして目を離すことがなかった。まるでそのしわくちゃの手が、指揮者の手であるかのように。

戦争を生き延びた若きアルト歌手やバイオリニストが、合掌する老婆の姿に自分の何を重ね、何を思いながら歌い続け弾き続けたのか。それは学祖も確かめていない。ただ、二人の奏者と老婆の姿は学祖にとって忘れ難いものになった。老婆を見据える二人がぽろぽろと涙をこぼしながら、それでも歌い、それでも弾き続けていたからだ。演奏者のほうが聴衆の姿に涙を流しながら曲を奏で続ける。そんな光景を、このとき学祖は生まれて初めて目の当たりにした。

岡田大空襲から一年。焼けただれた街に奏でられた、これが「音楽」というものだった。市井に「音楽」というものが芽生えた、これが始まりの一夜だった。

こうして始まったのが五月の音楽祭だ、と堀田は言った。正確に言うと、似たような音楽の集いは市内のいくつかの場所で催されていて、やがてそれを合同で開催しようという機運が生まれて音楽祭になり、岡田市平和音楽祭として根付いた。参加する学生や学校の先生の便を考えて音楽祭が夏休みに開催されるようになったのは、昭和四〇年頃になってからの話だ。

「だから、いまも音楽祭には毎年、音楽院高校関係者が誰かしら出演するんですよ。生徒のときもあるし専科の先生が出ることもある」

「その教会が母体になって岡田音楽院高校が生まれたわけですね」

これ、番組で紹介したくなるような話だなあとつぶやきながらヤノケンが尋ねると、堀田はうなずきながら、でもね、と答えた。

「できる時よりも、できてしばらくしてからのほうがずっと大変だったんですよ、音楽院高校は」

昭和二八年、アメリカの教団本部からの援助金で学校が設立された。その二年後には、宗派は異なるものの同じキリスト教系のミカエル音楽大学が岡田市内に誕生し、岡田市は音楽専門の高校と大学を抱える珍しい都市になった。

ところが、しばらくして創立を支援したアメリカの教団本部から日本の教団が独立することになった。音楽院への支援も日本の教団にゆだねられたが、教団の資金力が乏しい時期だったから、たちまち支援は滞り、音楽院は財政難に見舞われた。資金難を知った生徒たちは教職員たちと一緒になって、あちこちで出張演奏会を開いてカンパと新規入学者を募ったものだと、堀田が遠くを見るような目で語った。牧師の家に生まれ育った堀田がコネで音楽院高校の事務員に採用されたのも、ちょうどこの時期のことだという。

「苦労したのは演奏会の場所でね。ミカエル大のホールは厚意でよく使わせてもらったけど、それ以外となると音楽演奏ができる場所なんて少ない。私ら事務員まで駆けずり回って、戦後にできたばっかりの学校の体育館なんかを使わせてもらったの。県内のある大学に大教室を使わせてくださいって頼んだときなんか、最初は露骨にシブーイ顔されてね」

「どうしてですか?」

譲とヤノケンが同時に尋ねた。

「そこね、仏教系の大学だったの」

「またブッ（仏）……」と笑いながら突っ込みを入れそうになったヤノケンに、笑い事じゃないよ、アンタ、と言いながら、堀田自身も懐かしそうに笑った。

「『宗教曲は演奏しませんから』なんて言って拝むように頼んでね。楽器運びの手伝いを兼ねて一緒に出かけたんだけど、『失礼のないようにね』『構内に入ったら、誰彼かまわずちゃんと挨拶して』って生徒たちに言い含めたもんですよ」

講義室だからピアノがなくて残念だったが、バイオリンとチェロ、フルートにクラリネット、それにトランペットのリサイタルは高校生にしては上々の仕上がりだった。

「終わってビックリしたよ。大講義室の一番後ろに、いつの間にか学長さんが聴きに来ててね。僧侶なんだ、その学長さん。その学長さんが、後片付けしている僕らのところに来て、『いいものを聴かせてもらいました』と言って、すごい金額を寄付してくれたの。あのときは僕も若かったから、演奏を終えたばかりの生徒たちと一緒になってわんわん泣いた」

やがて岡田市に市民オペラが誕生し、市民合唱団ができ、と堀田が言いかけると、別の理事が口を挟んだ。

「それ、逆、合唱団が先」

前に音楽院に来ていたごま塩頭の理事だ。自分も市民合唱団で歌っていたんだと、ごま塩さんはちょっと自慢げに言った。

「うん、そうだ、合唱団の有志が市民オペラを結成したんだった」

その市民合唱団や市民オペラが、岡田音楽院高校で教える先生やミカエル音楽大学の教員、学生などと一緒になってしばしば公演を開くようになったのが、昭和三〇年代の終わりから四〇年代にかけての話だ。

「こんな歴史のある本校が裁判に訴えられるなんて前代未聞だ」

憤懣やるかたないといった調子でごま塩さんが言った。

校長にパワハラを受けたという二人の教員は、Aユニオンを通じて校長と学校の両方を訴えている。

「労働組合からは『裁判沙汰を引き起こすような人を校長にしておくのか』ってさんざん言われて、あの人たちのホームページやビラではウチの学校が『ブラック企業』だとか何とか。ほら、これがそのビラ」

見せられたのは、〈許さない！〉というどでかい活字で始まるビラだった。〈音楽教育に潜むブラック体質／業務外の指導を拒んだだけで『失格教師』と怒鳴る校長／理事会もその独裁を放任〉

だが、このAユニオンは、「話し合いの余地はある」と持ちかけてきたのだ、と、ごま塩さんは言った。理事会が校長を解雇さえすれば、Aユニオンとしては理事会と直接話し合い、和解することもやぶさかではないというのだ。

「だから、あの校長には裁判沙汰を引き起こした不始末の責任を取ってもらうのが早いと思う。それで休職中の先生たちも組合も矛を収めると言っているんだから」

高岡とヤノケンがなるほどとうなずきそうになる横で、譲が口を開いた。

「そうでしょうか。皆さんが校長に解雇通知を出してそれで終わりというようにお考えなら、それは大変失礼な言い方ですが、甘いです」

「どうして？　我々には校長を解雇する権限が……」

「はい、校長に解雇通知を出すことは簡単です。でも、校長がそれは不当解雇だと言って訴訟を起こしたら？」

「パワハラ問題なんかを起こした人なんだから、裁判所だってすぐに解雇を」

「認めないと思います」

「えっ」と、何人かが同時に声を出した。「そうなの？」と、高岡もヤノケンも不思議そうな顔をしている。

「そうなんです。日本の裁判では、解雇を認めさせるのは本当に難しいんです」

譲は仕事で解雇問題に関わる相談を受けたばかりだった。頭の中にはいくつかの不当解雇をめぐる訴訟の判例が入っている。譲はそのひとつをかいつまんで説明した。

ある航空機の部品メーカーが、一人の職員を面接採用し、職員は試用期間を経て本採用になった。ところが、その職員は採用前にある空港建設の反対運動に参加し、反対派が空港施設を壊した事件に関わっていた。その件で起訴され、現在裁判中の身であることがわかった。職員はそのことを面接では明かさずに入社していたわけだ。メーカーは航空機関連の企業でもあることから、この職員の採用を取り消したが、職員側は解雇無効を主張して訴訟を起こした。

「これ、どちらの主張が通ったと思いますか？」

ごま塩さんがおそるおそる言った。

「もしかして、職員側、なの？」

「そうです」

採用前に有罪判決が確定したのに隠していたというならともかく、いまはまだ係争中。この程度で解雇するのは不当だ、ということだ。それほど日本の解雇要件は厳しく、裁判では解雇が無効とされる場合が多い。

「だから、校長を解雇すれば校長側が訴訟を起こし、裁判は長期化します。そのとき、音楽院がどうなるか、お考えください」

いまは保護者も教職員も、誰もがもろ手を挙げて校長のやり方を支持しているわけではない。もちろん改革への期待はあるが、乱暴な手法や急ぎすぎを心配する人も多い。

「皆さん、校長のいいところ、悪いところを、意外と冷静に見ているんです」

高岡やヤノケンがうなずく。

「ところが、皆さんが校長をバッサリやれば、校長を支持する人は『自分たちが心配していたとおりだ』と宣伝します。そうなれば、これまで無関心だった人たちまで校長側にまわり、『不当解雇反対』を叫ぶ教職員によるストや有名講師の退職、保護者の抗議行動といった事態にまで発展しかねませんよ」

　裁判は長期化するから傷口はどんどん大きくなり、学校の評判はガタ落ちになる。それで学校経営が成り立たなくなれば理事会も経営責任、監督責任を問われ、今度は保護者が理事会に損害賠償を請求することだって十分考えられる。

「理事会の性急な人事のせいでこんなことになり、子どもの将来が危ぶまれる事態になった。理事会さん、どうしてくれるんだ、という理屈ですね」

「飯島さん、あなた、私たちを」

　脅すつもりなのかと堀田が言いかけるのを、高岡が制してくれた。

「飯島さんは、経営コンサルタントの経験に照らして心配されているんですよ。『そうなればいい』と考えているわけじゃありません」

「ええ、『そうならないために』何ができるのか、お考えいただけないでしょうか。私だって、入学してからこんなもめ事があることを知って、この一か月間は驚きの連続なんですよ。でも、いい学校だなとも思っています。音楽院の歴史や昔のご苦労をうかがえば、なおさらです」

「具体的には、校長の円満な自主退職を探るというあたりかな?」

　いままで黙っていた理事の一人が口を開いた。元会社社長というだけあって、飲み込みが早い。

「そのとおりです。まず、理事会側からは解雇しないということをはっきりさせ、一部の保護者が過剰反応するのを防ぐ。それから校長と話し合いを重ね、改革への姿勢はある程度評価しながら、一年ぐらいをめどにして自主退職してもらう」

校長だって「改革のめどをつけた功労者」として一年後に花束をもらって音楽院を去るのと、これから解雇、訴訟という泥仕合を始めるのとどちらがいいかと言われたら、前者を選ぶだろう。さらに、それによって結果的に一年間の猶予期間ができることになるので、その間に校長が欠点を改めて改革の成果を出せば、退職することなく任務を継続してもらうという選択肢も生じる。

しかしなあ、と、ごま塩さんが難しい顔をした。

「私らの知らないところで、またパワハラまがいのことをしたり、あの『私語チェックリスト』だっけ、あんなものを思いつかれたら困る。前の理事長がいきなり偏差値の高い子を集めて『特進クラス』を作ろうなんて言って突っ走ったのも、新庄さんの入れ知恵だったんだから」

「校長を通してしか学校の情報が理事会に入ってこなかったからじゃないですか」

現状では理事職はこうしてたまに顔を合わせるだけの非常勤で、現場からは校長サイドからの一方的な情報しか上がってこないという問題がある。そこで今回のことを機に、現場と理事会との橋渡し役、あるいは校長のお目付け役として常勤の学院長を新設して学校に常駐させ、校長の学校運営の正当な評価と問題発覚時の迅速な対応を可能にしてはどうか。

　こうした譲の提案を聞いて、今度はさっきの元会社社長が悩まし気に言った。

「でも、Ａユニオンがそれで納得するかな」

「Ａユニオンと直接交渉するのも、得策ではありませんよ」

「でも、和解してもいいと言ってるんですよ？」

「あくまでも裁判の場で裁判所に和解仲裁を求めることをお勧めします」

「どう違うの？」

「そもそも、不思議だと思いませんか。Ａユニオンは裁判まで起こしておきながら、その一方で直接交渉の和解を求めていますね。直接交渉で『訴訟を取り下げてほしければ、こういう条件を飲め』という形で、さまざまな条件を持ち出すためでしょう。たとえば、今後のパワハラ防止という名目で、ユニオンが人事や雇用、教育内容にまで関与するというような条件です」

「そんな条件、認められるわけがない」

「裁判であれば、このようなことは認められません。でも、任意の直接交渉では何でもアリですから、調印してしまえばそれが拘束力を持ってしまいます。現に皆さんはそれに近いことを許してしまっていますね？」

　Ａユニオンは校長の生徒へのパワハラの証言を得たとして、校長を非難する記事をブログに載せている。だが、これは労働組合が、組合員でもない生徒や保護者の代理人として振る舞い、教育内容にまで介入しようとしていることを意味する。労働者の権利擁護を担う労働組合はスクールカウンセラーではない。労組には許されない越権行為だが、それが堂々と行われている。直接交渉による和解では、こういう行為を今後も容認するように迫られるかもしれない。

「Ａユニオンとはあくまでも裁判を通じて向き合う以外の接触はしない。これが一番です」

「なるほどー」

　ヤノケンが上げた声は、理事たちの胸の内の声でもあった。


　帰りの車の中で、譲は大野先生にメールを打った。

〈理事会にオブザーバー参加した結果を皆さんにご報告したいので、「良くする会」の次の会合に参加させていただけませんか〉

　本当はもっと書きたいところだが、とりあえずこんなところだろう。タップして送信したところで、後ろでヤノケンが少し興奮気味に言った。

「火消し役、うまくいきそうですね。感心しましたよ、飯島さん」

「いや、仕事の知識が役に立っただけですよ。理事さんたちが、校長の解雇まではしないと言ってくれてよかった」

「それを聞けば、『良くする会』の皆さんも落ち着くでしょう。僕もそうだけど、聖職者は法律論には疎いから、勉強になりました」

高岡だけではない。自分も思わぬ勉強をしたと譲は思う。

音楽院高校と岡田市平和音楽祭の歴史とが重なり合っているなんて、自分はちっとも知らなかった。自分の娘を通わせることになった私立高校の歴史が、戦争で焼けただれた街に住む人の心を潤すところから始まったことが誇らしかった。音楽院の先生たちがプロの卵の養成だけでなく市民の音楽活動を支える役割を担ってきたことも、今日初めて知った話だ。

番組で取り上げたいと口走ったヤノケンが言うように、理事会も学校もああいう話こそ、もっと発信すればいいのに。そう思ったとき、スマートフォンが振動した。画面を開くとメールが入っていた。

〈来週土曜日、一三時～。／前と同じ会議室です。／よろしくお願いします。／大野〉

8　糾弾　イ短調 op.25-11

「アンタ、いつから理事会側にまわったの？」

腕組みした田川が口にした言葉に、譲は耳を疑った。

理事たちも学校の混乱は望んでおらず、新庄校長の解雇までは求めないと言ってくれた。そのことを「良くする会」の会合で伝え終わったとたん、浴びせられた言葉だ。

理事たちが校長をクビにすることはなさそうだと伝えながら、譲は「良くする会」の面々がホッと胸をなでおろして喜ぶ場面を想像していた。自分や高岡、ヤノケンはみんなから感謝されるのではないかと、ちょっとうぬぼれた気持ちまであった。

ところが、保護者たちの半ば以上は思ったとおり喜んでくれたものの、場を仕切る田川や安藤先生、それにシツモンさんは笑顔というお面をどこかに置き忘れてきたように無表情だ。田川が「優秀な方ですよ、飯島さんは」と持ち上げたのは半月前だった。それが同じ口で「アンタ」呼ばわりするのも驚きだったが、「理事会側にまわった」というのが意味不明だった。

「理事会は校長を解雇しないと言っているんですよ。私は皆さんが一番心配されていたことが避けられるのがわかったから、真っ先にお伝えしようと思っただけですよ」

「こっちは向こうがどう出てきたって解雇なんかさせない。アンタが指示もなく立ち回ることじゃないんだよ」

「指示？」

「校長の指示もなく理事に会ってくること自体がおかしいじゃない、そうでしょ？この前の役員選だってそうだったよね。アンタ、会長は高岡さんにお願いしたいなんて勝手に言いだしたでしょ。あのあたりから、何かおかしいと思ったんだ」

「代わりに副会長候補をきちんとお引き受けしましたよ」

「それがおかしいんだよ。校長の指示で会長になるはずの人が、勝手にそのポストを他の人に回すってこと自体が裏切り行為でしょう」

「指示とか、裏切りとか、意味がわかりませんけど？」

「校長の意向を保護者会に周知徹底させるために会長になるべき人が、その任務を勝手に放棄したら裏切りでしょ。社長に命じられた仕事を自分の勝手な判断で他人に回したらクビですよ、そうでしょ？」

「ちょっと待ってください。僕は保護者やこの学校、もっとはっきり言えば子どもたちのために会長を引き受ける気になっただけで、校長の意向を周知徹底なんて、一度も考えたことありませんよ。校長の部下になったわけじゃないんですから」

「ほらね、やっぱり裏切ってるわけだ。だから危ないなと思って、やむなく僕が会長になったわけ」

「校長の意のままに保護者会を動かすなんていう発想では、他の保護者の理解なんか得られませんよ」

「そうですよ」と二年生の保護者の一人が口を開いた。

「私もこの学校のことが心配だからここに参加しただけで、校長さんの部下だなんて思ってませんよ」

　これを聞いた安藤先生が口を開いた。

「まだご理解が十分でないようですが、学校改革ということはすなわち校長の意向の徹底でしょう。ここまで学校を立て直してこられた流れがあるわけだから。改革は校長の指示のもとで私たちが団結してこそ実現できることです。組織というのは、そういう形で動いていくものなんですよ」

　生徒を諭すようなその口調は、丁寧だが相手を馬鹿にしきっていた。おまけに話の中身は、まるでどこかの独裁国家みたいだ。「改革」が誰か特定の人を信奉することへとすり替えられている。そう思った譲が聞き返した。

「いまの校長が唯一絶対みたいなお話ですけど、仮に誰か別の素晴らしい教育者が校長として赴任してきたら、もっといい学校改革だってできるかもしれないじゃないですか。だから新庄校長がダメと言いたいわけじゃなくて、良い点もあれば悪い点もある、それは誰もが同じです。だからお互いに納得できる改革とは何か、合意形成を図りながら進めていくべきでしょう？　保護者会はその合意形成の場なのに、校長の道具みたいに考えるのは保護者に失礼ですよ」

だいいち、と、荒川さんがおとなしいこの人にしては珍しく議論に割って入る。

「飯島さんたちが理事会から校長を解雇しないという答えを取り付けてくださったのは、すごくラッキーじゃないですか。それを出発点にして、これからは校長さんにも周りと話し合いながら進めていただければいいじゃないですか」

「違うね」と田川が言った。

「解雇どうこうってのは、僕に言わせれば小さなことなの」

数秒の沈黙が流れる間、譲は首をかしげていた。

「解雇阻止が目的でないのなら、何のためにこうして集まってるんですか」

「生徒募集のあり方に始まって、進学コースの設置やなんかも視野に入れた将来ビジョン、どんな先生を雇うかという人事、必要な施設の整備。そういう学校経営全体を理事会に口出しさせずに校長のもとで行う。そういう体制づくりのために動いているの、我々は」

「つまり、校長が経営権を握るための活動ということですか？」

譲が尋ねると、田川と安藤先生が無言でうなずいた。

本気かよ、この人たち。

「じゃ、資金は誰が出すんです？　校長や皆さんが学校法人からこの学校を買い取るんですか？」

「それは今後も法人に出させる」

思わず譲は吹き出した。

「いいですか、学校を経営するには学校法人としての認可が必要で、この学校の経営権は学校法人互幸会が持っています。その経営者に金だけは出させて経営に関与させないなんて、そんな無茶な要求をしたって認められるわけがないですよ」

だから、とシツモンさんが言った。

「だから、保護者全体の力を結集して動いていく必要があるんです」

田川がうなずきながら口を開く。

「子どものためなんだよ。子どもの母校がいい学校になってほしい。合意形成なんていうきれい事でなく、現実的に考えて行動しなきゃ……」

「学校、潰れますよ！」

譲の口から思わず大声が出ていた。

現実的に考えていないのは、この人たちのほうだ。子どもを思う気持ちがいつの間にか校長に殉ずることにすり替わった田川たちには、その先に起きることが見えていない。

「理不尽な要求を掲げれば理事会は態度を硬化させて、今度こそ校長を解雇しますよ。そうなれば、新庄先生のもとでの改革というのもできなくなるんですよ」

安藤先生が、だから何、という口調でこれに答えた。

「地位保全の仮処分を申請します。だから校長には従来どおり学校を運営していただけます」

おそらくは覚えたての法律用語を使ってみせた安藤先生は、ひと昔前のアニメか何かに出てくる学級委員みたいに得意そうだ。やっぱり現実が見えていない。そう思いながら、譲は噛んで含むように説明した。

「賃金仮払いの申し立ては認められても、地位保全が認められる可能性は少ないということ、ご存じですか。職場での関係に問題があって解雇に至ったわけだから、法的決着がつかないのに職場に戻したら大混乱が起きます。賃金の支払いさえ命じておけば、地位保全を認めることに実益はないという考え方が最近の主流です」

解雇不当をめぐる裁判は長引く。それでも数年がかりの裁判の末、校長が解雇は不当という判決を勝ち取ることはあるかもしれない。その場合には、判決までの給与がさかのぼって支給される。

「でも考えてみてください。そのときはすでに、校長は定年を迎えていますから、実質的に職場に戻ること、つまりこの学校に戻ることはできないんです」

そのあいだに、校長と理事会が裁判で反目し合っている高校の現状は世間に知れ渡る。そんな学校に、中学生の親が子どもを入れたいと思うだろうか。その影響は、街を歩く生徒の身なりなんかよりもはるかに深刻だ。入学者数は激減し、学校は経営難に陥る。

「そうなったら優秀な先生、優秀な音楽家ほど、早めに次の就職先を考えるはずです。壊れはじめたらあっという間です。それ、お子さんのためになりますか」

「結果がどうでも、学校をよくするために親が闘ったことを、子どもは見てくれると思う」

そう言ってちょっと目を閉じてうなずく田川の様子は、城を枕に討ち死にする戦国武将にでもなったつもりだろうか。

「学校を潰した親を子どもが誉めてくれるんでしょうか。それに、そんなことをして、他の保護者たちの理解なんて得られないでしょう」

「いいえ、保護者たちは理解してくれるはずです」と安藤先生が言った。

「大野先生のような立派な音楽家が、新庄校長じゃなければだめだと言ってくださっている。その重みは保護者たちも感じているはずです」

膝の上で手を組んでうつむき加減のまま黙っていた大野先生が、自分の名前が出たのに驚いた顔をした。あの緊急総会のときと同じだ。

安藤先生は、まるで保護者の理解を勝ち取るためのおまじないか何かのように大野先生を持ち出す。

「いえ、私の重みだなんて、そんなたいしたもんじゃ……。その、理事会が解雇しないと言われてるっていうのを今後につなげるのは、やっぱり難しい、のよね」

譲の意見に傾きそうになる大野先生の言葉を聞いて、田川がじれったそうな顔をして答えた。

「向こうがこっちにはっきり謝罪でもすれば別ですよ。校長のやり方に横から口出しして悪かった、これからはおとなしくしてますって、それこそ土下座でもすればね」

あり得ない話だが、「そう、そうよね」と大野先生はまた自信なさげにうなずく。

譲はふらついている大野先生を見て、春香がこのところ合言葉のように口にする「しゆだいのかいけつ」という言葉を不意に思い出した。特徴的な旋律やリズムなどによって提示される主題。多くの古典的な音楽では、それがバージョンを変えながら繰り返し登場する。複雑な旋律が折り重なって錯綜するかに見えながら、曲はその先の主題の展開から再現、そしてクライマックスでの解決に向けて構成されている。「その見通しを持ちながら弾きなさい」と大野先生に口を酸っぱくして言われた春香は、それこそ覚えたての「しゅだいのかいけつ」という言葉を標語のように口にし続けているのだ。

その「かいけつ」のために、と、春香はこのところ週何日かは気合を入れて早起きして、朝七時の開門時間に合わせて登校する。いち早くレッスン室に駆け込み、始業前に練習するのだ。「とにかく何度も弾いて、曲の全体を頭に入れるんだ」と春香は言っていた。長い曲になればなるほど曲全体の流れを頭に入れ、曲が生み出す物語の先を見据えながら手前の演奏の仕方に伏線を張らなければならない。「そういうことを考えて弾いたことが、いままでなかった」と春香は言っていた。そのために早起きしてピアノに向かうと自分で決めたらしい。

譲は音楽の理屈については、春香が口にする大野先生の受け売り以上のことはわからないし、もしかしたらその受け売りだって正確ではないかもしれない。だが、飽きっぽくて練習嫌いだったあの子にとっては格段の進歩だ。入学して二か月足らずでこんな進歩を引き出してくれたのは、やはりいま目の前にいる大野先生だ。意欲を見せる生徒に対しては、能力の違いに関わりなく我が子のように惜しみなく愛情を注ぎ、時には泊まりがけで家に招いて手料理を振る舞う。人によっては親子二代にわたって指導を続け、名付け親となるほど絶大な信頼を得ているという話も聞いた。大野先生の教育は無償の愛に溢れている。同じ流れ星を目の当たりにした者同士、弾く者同士、音楽の世界に立つ者同士。そんな平等な絆を生み出す音楽というものを、大野先生自身が信じてきたからだろう。

　だからこそ、大野先生に尋ねたかった。

　先生たちは岡田音楽院高校の将来という主題を見据えて演奏していますか？　いま、このような弾き方をして、曲はきちんとクライマックスにたどり着きますか？「しゅだいのかいけつ」はできるのでしょうか？


　二日後の夕方遅く、ヤノケンの経営するレストランで、三役崩れの三人が顔を合わせた。譲が「良くする会」の一部始終を報告したいからと声をかけたのだ。

「火消し役」が成功して事態が好転することを予想していた高岡の落胆は大きかったようだ。

「困ったね。理事たちも、これを聞いたら穏やかじゃないだろうな」

「すみません、私の力不足で」

「いや、飯島さんのせいじゃないですよ。まともな人なら、飯島さんの発言を聞いたら、なるほどと思うのが普通だもの」

　実際、あの場に居合わせた保護者の多くは譲の発言に賛成し、帰りがけに「もう『良くする会』には顔を出さない」と口にしていた。荒川さんからのメールだと、安藤先生に誘われて参加していた教員の一人も「自分は手を引く」と言いだしているらしい。

「田川さんや安藤先生は、校長についていくという一念がいつの間にか目的化して、そこに自分の存在意義まで感じているんだな。そうなると、自分たちの見方に凝り固まって、寛容性というものをなくしちゃう。怖いでしょ、宗教って」

牧師の高岡がいたずらっぽくそう言って落ち込む譲を笑わせてくれたが、かたわらのヤノケンにはいつもの快活さがなかった。高岡と譲がちらちら顔色をうかがってくるのに気づいたヤノケンは、フーッと大きく息をついて改まった口調で言った。

「すみません、実は私も手を引かないとまずい状況なんです」

「何かあったの？」と二人が同時に尋ねた。

「昨日、担任に呼び出されたんですよ。ちょっと相談したいことがあるからって」

ところが、職員室で出迎えた担任は、「実は矢野さんに用件があるのは校長なのだ」と言ってヤノケンを校長室に案内した。

「二人きりになったところで校長が切り出したのは、やっぱりこの前の理事会訪問のことだったんです。『あなた、高岡さんや飯島さんと一緒に理事会に行きましたね』って言われて」

隠すことは何もないと思ったし、すでにその結果は譲が「良くする会」の面々に伝えているはずだから、校長も話の中身は知っているだろう。

「だから、僕も感謝されるのかなぐらいに思いながら、『ええ、うかがいました。理事の方たちも話し合いで進めようっていう雰囲気になってくれましたよ』って答えたんですよ。これ、合ってますよね？」

二人はもちろんとうなずく。

「そしたら校長が、『これは越権行為ですよ』と言うわけです。保護者会や学校が理事会に対する今後の対応を検討している最中に、敵とこっそり会ってくるなんて問題だと」

「敵？」

またもや二人が声をそろえた。校長はすっかり戦争をしている気分らしい。

「僕もおかしいと思ったので、敵とか味方とかじゃなく、同じ学校の関係者同士、これ以上こじれないように話し合いましょうよ、と。その糸口を見つけるために出かけたわけで、現に校長先生の件もうまくクリアできそうだと言ったんです。これも、合ってますよね？」

うなずく二人。

「そうしたら、校長が言うには、理事会が私を解雇することなんかどのみちできないのだから、余計なことはするなって。で、問題はそのあと。校長がね、『奥さんは私の部下だということを忘れないでね』と言うんです。要するに『奥さんがどうなってもいいの？』というわけですよ。おお、こわ」

この先、高岡や譲と一緒に行動した場合、妻の仕事に本当に影響が出るかもしれない。それこそ「休職」させられてしまうかもしれない、とヤノケンは言った。

「あの教祖、そこまで言うんだ」

高岡が驚いた顔で言う。

「明らかに脅迫のレベルですよ。なんなら、弁護士、紹介しましょうか」

譲が言うと、ヤノケンがかぶりを振った。

「たしかに、これ脅迫です。僕も知り合いの弁護士を通して警告書を送ることも考えました。でも、筋論がどうであれ、妻は校長と同じ建物の中で仕事しているし、娘はそこに毎日通って勉強しているんですよね」

その心配はもっともだった。仮に奥さんが休職に追い込まれれば、ここでもそれを強いた校長とのあいだで法的な争いになる。奥さん側、つまりヤノケン側が九分九厘勝訴だろうが、問題は決着がつくまでのあいだだ。校長側が奥さんの勤務ぶりについてあることないこと言いふらそうものなら、たとえそれがデマでも奥さんは消耗するし娘さんは傷つく。学校に行きたくないと言いだす可能性だってあるだろう。法手続きは権利関係をはっきりさせてくれるが、それが常に人間関係にとっていい方向で作用するとは限らない。デマが一人歩きすれば、人気商売のヤノケンだって打撃を受けるかもしれない。

「本当に申し訳ないけど、この問題に直接関わることは遠慮させてほしいんです」

そう言って頭を下げるヤノケンに、高岡も譲も無理は言えなかった。

「でも、打ち合わせ場所が必要なときは、この店、使ってもらっていいです。僕は顔を出すわけにはいかないけど、スタッフにはよく言っておきます。なんだったら飯を食わずにコーヒーだけで長居してもらってもかまわないし」

「こんな素敵な創作料理のお店でコーヒーだけ延々と飲み続けるのは、なんかバチが当たりそうだねえ。飲む前にはいつにも増して祈りを捧げなくちゃ」

高岡はそう言って、なんとかヤノケンを笑わせた。


高岡と譲が堀田理事長に呼び出されたのは、それから二週間ほどした日の晩のことだ。

「『学校の私物化』って、どっちのことなの。こういうことが許されるの？」

電話の向こうで堀田の声は荒れていた。七三に分けた白髪を振り乱して大声を出す堀田の姿が見える気がした。

その二日ほど前から、市内のいくつかの教会にファックスが流れはじめた。流れた先はどれも堀田と同じ宗派のプロテスタント系の教会だ。発信者は不明だが文面はどれも同じで、学校法人互幸会の理事会への誹謗中傷だった。

理事会は音楽院高校の学校改革を妨害している。指導能力もない教員を縁故採用し、それを学校の要職につけようとたくらんできた。縁者の経営する企業に学校の建物の建設を任せ、甘い汁を吸わせている。どれを取っても、理事会による学校の私物化だ。

「その理事会の理事長こそ、貴教会と同じ教団で牧師を務める堀田和彦氏です。このようなことを、同じ聖職者として容認なさるのでしょうか？」

びっくりしたそれぞれの教会が堀田のところに連絡をよこしたのに続いて、理事の一人からも電話がかかってきた。その理事の義兄が経営する建設会社にも、ほとんど同じような文面のファックスが流れてきたのだ。その建設会社は、例のダンス・レッスン棟の建設を請け負った会社だった。面倒な防音工事の必要な建物を格安で建ててやったのに、と社長を務める義兄からはさんざん文句を言われた。理事はそう言って自分の憤懣を堀田にぶつけた。こうしてあちこちから入ってくる電話と転送されてきたファックスの文面を見て激怒した堀田が、今度は呼びつけた高岡と譲と顔を合わすなり憤懣をぶつけてきた。

「穏やかに問題解決しようというあなた方の意見がもっともだと思ったから、校長の解雇を見合わせることにしたのに、これはあまりにひどいじゃないですか。しかも面と向かって話しに来るでもなく、自分たちは顔を見せずによそ様のところにこんなものを送りつけて、私の信用を失墜させようとする。あまりに卑怯だ、卑劣だ、下品だ、野蛮だ」

見てみろ、と譲の鼻先に数枚のファックスが突き出された。文面から見て、あの「良くする会」の面々がやったに違いなかった。インターネットを使った投稿の類でなかったのは、まだしも救いだったかもしれない。同じ音楽院高校の保護者、教員がこんなマネをするのを目の当たりにすると、まるで自分自身がしでかした不始末のような感情にさいなまれる。

「同じ保護者としてお詫びします」

高岡と譲は何度も頭を下げながら、大多数の保護者は良識のある人たちだと必死に説明した。一部に校長に付き従うことに凝り固まってしまった人々がいて、それがたまたま今年は保護者会の要職に就いて勢いづいている。

「そんな人たちが勢いづいちゃって、これからどうするの。こういうもので信者の方からの信頼を失うということが、聖職者にとってどれだけ大変なことかわかる？　飯島さん、これ、一般企業なんかで言う営業妨害、名誉毀損じゃないですか」

「おっしゃるとおりです」

「こんなことする連中が校長を担いで学校を動かしているのは、それこそ『学校の私物化』ですよ。断じて許さない。返り血を浴びてでも……」

その先にあるのは牧師の口から出るはずのない言葉、出してはならない言葉に違いなかった。同じ聖職者である高岡がなだめるような穏やかな口調で声をかけ、最後まで言わせなかった。

「堀田さん」

一瞬ハッとしてひるんだように見えた堀田は、ひと息置くと、持ち続けている重たい荷物を床に放り出しそうな調子で言った。

「誰がこの音楽院を支えてきたと思っているんだ」

自分の子どもを思う気持ちが校長への忠誠にすり替わったとき、「良くする会」の人々は越えてはならない一線を越えた。そしてそのことが、今度は音楽院高校の長い歴史に人一倍愛着を持ち、誰よりもこの学校を支えてきたという自負がある堀田に一線を越えさせようとしている。堀田が床に放り出しそうになっている重たい荷物の中に入っているのは、ガラス細工のように美しくて壊れやすい大切な器なのだが。

理事長を訪ねた数日後の夜、譲は自宅から学校に向かって車を走らせる羽目になった。

転がり始めた岩が止まらない。その焦りが運転に表れないようにと、いつもより慎重にハンドルを握った。

　高岡から電話をもらったのは、小一時間前、手をつけた晩ご飯を二口か三口食べて間もなくだった。

「いま学校に向かっているんだけど、その前に飯島さんに確認しておきたいことがあって」

「こんな夜に学校に向かうって、これから何があるんですか」

「ウチの子のクラスの保護者から、私に電話があったんですよ、飯島さんのことで」

「僕のこと？」

　その保護者は、今日の二年生の学年懇談会が終了したあと、何人かの保護者と一緒に担任の安藤先生と話し込んでいたらしい。初めのうちはただのおしゃべりだったのだが、そのうち安藤先生は、自分は理事会から解雇されるかもしれないと言いだした。皆さんとこうしてお話しするのも今回が最後になるかもしれないと、妙にしんみりしていたという。

　驚いた保護者たちが事情を尋ねると安藤先生は、理事たちと懇意にしている一年生保護者から「理事会は校長を支援している先生方を全員バッサリ切る意向だ」とすごまれたのだという。保護者の中にはそんな風に理事会とつながっている人もいるから、皆さんも気をつけて。安藤先生は保護者たちにそう言ったらしい。

「『その一年生保護者というのは飯島さんという人だ』。安藤先生がそう言ったそうなんですよ。校内音楽祭準備委員会で顔を合わせた時、飯島さんにそんなことを言われたって。もちろん、あり得ない話だと僕は思っているけど、何か心当たりあります?」

保護者会の下に設けられている校内音楽祭準備委員会は音楽祭のお手伝い組織で、当日に茶菓子を販売したり校内の飾りつけを手伝ったりする。譲もその委員の一人だから会合には参加したし、そこに顧問役の安藤先生も顔を見せた。だが、会合では音楽祭に関する話しか出なかったし、安藤先生とは先日来の気まずさもあって言葉は交わさなかった。目を合わせるのさえ意識的に避けていたというのが正直なところだ。だいいち理事会から「全員バッサリ切る」なんていう話は聞いたこともないし、自分は理事会とつながった覚えもない。高岡やヤノケンと一緒に理事会に赴いたのが一度と、嫌がらせ行為に怒る堀田にひたすら謝った先日の一件があるだけのことだ。

「やっぱりそうですよね。私もそうだと思ったんだけど、その保護者が動転して友だちの保護者たちと集まって僕に電話してきたもんだから」

クラス担任が解雇されるかもしれないと驚いたその保護者たちは、クラス委員の高岡に何か事情を知らないかと電話してきたらしい。高岡はこれから学校でその保護者たちと会って、心配しないようにとなだめるつもりだ。

「僕も行きますよ、とんだ濡れ衣ですから」

「うん。だけど、当人が『濡れ衣だ』と言っても、『いや、安藤先生はこう言った』という水掛け論になるかもね。誰かその準備委員会に出てた人で、連絡がつく人いませんか？」

譲は荒川さんがその会合に出席していたことを思い出した。

「ああ、一年の荒川さんね。じゃ、急遽来てもらえないか、私のほうから連絡してみますよ。『守る会』がらみでお宅の電話番号は知っているから。じゃ、のちほど学校で」

それから四〇分ほどののち、夜の学校駐車場のライトに照らされた一角に、高岡と譲を合わせて一〇人ほどの保護者が円くなった。家事を途中で放り出してその場に駆けつけてくれた荒川さんのひと言で、あっさり譲の濡れ衣が晴れた。自分も準備委員会の最初から最後まで出席していたが、飯島さんはひと言もそんなことを話していないし、そもそも理事会のことなど話題にも上っていない。そう語る荒川さんと親しい保護者たちが高岡のクラスに何人かいたことも、譲にとっては幸いだった。

「それにしても、なんで安藤先生はそんなこと言ったんだろうね」

「勘違いというにしても、ひどすぎない？」

集まった保護者の口を突いて出る当然の疑問には、高岡と荒川さんが言葉を選びながら答えた。校長を支持する一部の保護者や教員は、異論を唱える人を理事会派と決めつけやすくなっているのだ。

「容疑」が晴れたばかりの譲は多くしゃべりすぎないように気をつけたが、安藤先生の流したデマへのショックが一番大きかったのはもちろん譲自身だった。

営業妨害や名誉毀損で訴えられてもおかしくないファックスの大量送付に続いて、今度はあからさまなデマによる個人攻撃。その矛先が自分にまで向けられるなんて。冷静に観察し、大局的な視点で知恵を出してきたつもりが、いまや渦中の人だ。

話し合うべき相手をどんどん遠ざけ、もともと敵ではなかったはずの相手とのあいだにまで新たな亀裂を作ってしまう。校長についていくのだという一念に取りつかれた人々は、自分では船をしっかり操っているように思いながら渦潮の中央にどんどん引きずり込まれていく船乗りたちのようだ。だが、その渦には自分も巻き込まれようとしている。

取りつかれている渦からひとまずみんなが自由になるには、と譲は思った。もう、理事会に校長を解雇してもらうほかないのかもしれない。「良くする会」が多くの保護者や教職員の支持を失いかけているいまとなっては、校長が解雇されても学校内に大きな混乱が生じることはないだろう。

9　新校長登場　イ長調 op.40-1

和美が眉間にしわを寄せた。

「まだ聴くの？」

「ん、あと、この一曲だけ」

春香が小さい頃からわが家で鳴り響くピアノの音に慣れっこの和美も、さすがにあきれたという顔をしている。ＣＤのピアノ曲をきっちり四回ずつけっこうな音量で再生し、終わるたびに夫が「へえ」とか「うーん」とかいう声を上げているからだ。

八月三一日は月曜日だが、金曜日から遅い夏休みを取って今日まで四連休にしていた。早めの昼食を済ませた譲がリビングのソファーに陣取って没頭しているのは、音楽ＣＤの聴き比べだ。買ってきた四枚のＣＤにはどれもショパンのピアノソナタ第三番が収録されているのだが、それぞれピアニストが違う。横山幸雄、ルービンシュタイン、内田光子、ユンディ・リ。コンチェルトでも同じ曲を選んではＣＤを取り換え、異なる指揮者やソリストの演奏で聴いてみる。これが意外なほど面白く、最近は聴き比べにすっかりはまっている。

同じ速度で再生しているのに奏者によっては倍近くテンポが違い、本当に同じ曲なのかと驚かされることもある。旋律は同じでも奏者によって一粒一粒の音の重さが違い、曲の雰囲気が荘重になったり軽快になったりする。同じ箇所の音の余韻の残し方まで違いがはっきりと感じられる曲もあった。いろんな違いの要素が組み合わさって、奏者ごとに色合いの違う音楽が生まれる。

「たとえば、モーツァルトのピアノソナタKV310なんかもさ、アラウは二二分で弾くけど、グールドはなんと一二分で弾き終えるんだ」

まるで世紀の大発見のように和美に向かって熱く語っていたそのとき、玄関先から話し声が聞こえた。譲のうんちく話に付き合っていた和美が不思議そうな顔をした。

「春香の声だ。なんでこんなに早いのかしら」

春香だけではない。聞こえてくる話し声は黄色やオレンジ色、それに淡いグリーンも交じっているような気がした。

「春香、今日、レッスンは?」

今日は午前中に二学期の始業式と授業、午後からは大野先生のレッスンだから、帰宅は午後三時過ぎてからのはずだ。まだ一時過ぎなのに、どうしてお前がここにいる?

「いろいろあったんだけどさー、とりあえずミオちゃんが雨に濡れちゃったから、乾かすあいだ、あがってもらっていいでしょ？　あとヨッちゃんも」

そう言う春香もずいぶん濡れている。

「傘、持ってったよな」

「私はね。ミオちゃんが忘れたから、一本の傘に二人で入ってきた」

春香が後ろの二人をうながすと、「おじゃましまーす」と言いながらミオちゃんとヨッちゃんが入ってきた。玄関先に弾ける黄色とオレンジ、それに淡いグリーンの声。

譲がヨッちゃんという子と面と向かって会うのは初めてだ。スカートのほうが似合いそうな子だと春香は言っていたが、すらりとしたズボン姿もなかなかいい。あごのラインまで伸ばした髪が、お辞儀するときにふわっと揺れた。

「これ、使って」

和美がミオちゃんにタオルとTシャツを手渡すと、礼を言って受け取ったミオちゃんは春香の部屋に向かった。その着替えを待つ間、ヨッちゃんと少しのあいだ差し向かいになった譲が尋ねた。

「ええっと、ヨッちゃんて、本名は……」

「あ、一応、私、戸田良樹です」

そこに部屋から出てきた春香が注釈をつけた。

「ひとつ上の学年にはお姉さんがいるんだよ」

「ああ、戸田さんか」

そう答えながら譲は驚いていた。シツモンさんじゃないか。

保護者会の副会長さんだよね、よく見かけるよ、と譲があたりさわりなく言うと、ヨッちゃんが屈託のない調子で春香に言った。

「アタシも変わってるけど、ウチの親ってヘンだよー。今日も『学校に行くな』って言ったのはお母さんだしー。普通、親が『行くな』なんて言わないわよねー」

「学校に行くな」って、どういうこと？

譲と和美が顔を見合わせると、疑問に答えるように春香がまた注釈をつける。

「今日ね、学校に行った子と行かなかった子がいるんだよ」

後ろから春香のTシャツを着込んで出てきたミオちゃんが、まるで寝起きのような声で続けた。

「私は行ったけど、入れてもらえなかったー」

ミオちゃんの言葉でますます混乱する夫婦に三人が説明してくれたのは、ちょっとした事件だった。朝から保護者会役員が校門をロックアウトし、そのあとに登校してきた生徒たちを学校に入れずに追い返したというのだ。

ヨッちゃんはあらかじめ母親のシツモンさんに聞かされていたから登校せず、言われるままに学校近くの公民館に向かった。そこには安藤先生ほか数名の先生が来ていて、集まってきた三〇人ほどの生徒たちは数時間の「授業」らしきものを受けた。一方のミオちゃんは追い返されて自宅に戻った。家で退屈していたら、早めに下校することになった春香からＬＩＮＥで連絡が入った。駅前で公民館から帰るヨッちゃんと合流してマックでお昼。食べ終わる頃に雨が降りだし、飯島家に転がり込むことになった。

「てことは、春香のほうは学校の中に入れたわけ？」

譲が尋ねると、春香は「うん」と言ってから思い出し笑いした。

朝、正門前では田川のほか数人の保護者会役員が立ち番をしていた。登校してきた春香は、今日は学校には入れないから帰宅するようにと言われた。でも、前日に何のお知らせもなかったのに突然学校が閉まるなんてこと、あるんだろうか。今日は二学期の初日、始業式の日なのだ。インケン派ではない穏健派の父から、関係する大人たちのあいだに対立があることはときどき聞かされていた。だから、何かあるなと思ったのだと、春香はちょっと得意げに言った。

「いきなり休みなんてヘンだと思ったから、『レッスン室に譜面を忘れたんで、それだけ取ってきたら帰ります』って言ったら通してくれた。あれさあ、門番としては甘いね。なんか、こういうのって映画のシーンっぽくない？」

うむ、なかなかの機転だ。譲が感心してみせると、春香はまたエヘヘと笑った。学校に入ってみて本当に誰もいなかったら帰るつもりだったが、教室には春香よりひと足早く学校に入った子たちが一〇人ほどいた。

「なんだ、来ている子もいるんだって思って聞いてみたら、朝練で早く来た子とかは、まだ門番がいなかったから入れたみたい」

どの各学年も似たような状況だったらしい。三学年とも教室までたどり着いた生徒はクラスの半分もいなかったから、授業も午後のレッスンも中止。授業を進めたら来なかった子が気の毒だからと、中にいた先生たちが気を使ったようだ。自習か読書、さもなければ自主練習という建前で、実際にはほとんどの生徒が無駄話に時間を費やした末にお昼で下校となった。

「学校に行ったハルちゃんたちがおしゃべりして終わりなのに、なんで行かなかったアタシたちが勉強させられるのよねー。ワリに合わなーい。いったいあの人たち、何やってんだかわけわかんないよねー」

ヨッちゃんが不満顔で言うと、ミオちゃんと春香も一緒に「ホントだよね、意味不明だよねー」と声を合わせた。

さ、映画観ようよと春香が言って、三人は仲良く春香の部屋に退散した。それを見送りながら譲は思う。この色とりどりの子どもたちの屈託のなさが、音楽院をどうにか学校らしい形にとどめてくれているのかもしれない。

それにひきかえ、あの大人たちは……。

ロックアウトが行われた事情は、すぐに察しがついた。田川やシツモンさん、それに安藤先生たち「良くする会」の面々が抗議行動のつもりで考えたものだろう。その数日前、理事会は新庄京子校長を解雇していたのだ。引き金を引いたのは、譲だったかもしれない。

言ってもいないことを言ったようなデマを流された数日後、譲は新庄校長を校長室に訪ねていた。冷静に、落ち着いて。自分にそう言い聞かせはしたものの、校長室の訪問はアポなしの突入だった。幸いなことに校長は校長室にいた。ノックに返事するなりガラリと開いたドアの外に譲を見て、校長はとっさに笑顔を作って彼を招き入れた。笑顔の仮面を急いで付けてはみたものの、両眼の穴ぼこからは笑わない目がのぞいていた。

柔らかすぎるソファーに座らされた譲は、また前かがみになって足を踏ん張りながら、単刀直入に切り出した。

「先生を支持する皆さんが、ずいぶん荒っぽいことをなさってるのはご存じだと思います。理事会を攻撃するファックスを流したり、他の保護者についてあらぬ噂を流したり」

「さあ、保護者の皆さんがご自身の判断で動かれていることについてまでは、私は何も……」

「こういうことを野放しにされていたら、学校は潰れてしまいますよ」

譲は田川たちに説いたのと同じことを話した。対立が激化すれば問題は新庄校長自身の身に及ぶだけでなく、この学校の存立自体にも関わってくる。先生や皆さんが考えている以上に、問題は深刻なのだ。

それを聞いた新庄校長は少し身を乗り出した。

「私も真剣に考えているんですよ。ただ、飯島さんと大きく違う点があるとすれば、私は『時間』をすごく問題にしているんです」

いま、どんどん子どもの数が減ってきて、その子どもを奪い合う学校同士の競争は本当に激しい。少しでも改革が遅れると、公立の高校であってもたちまち淘汰されて統廃合されてしまう現実を自分は見てきた。こう語る新庄校長の言葉は、例によって教育関係の本を朗読しているようによどみがない。

「ましてここは一つの分野に特化した私立校です。それでもウチを選んでもらうには、学校の側がそれなりの付加価値を示せなければならないでしょう」

音楽を専門に学ぼうという子どもの数だって減っている。経済状況が厳しい時代だから、子どもの音楽への夢よりは将来の就職まで見据えた手堅い選択を考える親も増えた。それでもこういう道もありかなと思わせるのは、提供できる教育の質の高さであり、音楽分野に限らない進学実績であり、しつけやマナーの徹底であり、設備の充実でもある。それを一気に実現できなければ、音楽院学校は他の多くの普通科高校の中に埋没していく。

「これは時間との勝負なんです。ひと昔前なら少しずつみんなの意識を変えながら進めていくのが理想だったんでしょうね。でも、いまの本校にそんな贅沢は許されないんです。だから私はブルドーザーになって、一気に改革を進める。惰性から抜けられない人には退場願い、理事会にも黙ってついてきてもらう。そうしないと、学校が生き延びられないんですよ」

工場の機械設備や事務部門のＩＴ環境などの更新なら、新庄校長の言うブルドーザーのような改革もアリかもしれない。古い機械やパソコンの類を一気に更新すれば生産性もすぐに向上するだろう。

でも、と譲は思った。いま改革しようとしているのは、「学校」というただでさえいろんな人間が集まる場所だ。成績はまちまちだし、将来の志望もさまざま。子どももその親も、さらにはそれを指導する教員たちも、とにかく三年のあいだ音楽をやりますという一点で結びついている学校。その音楽院高校にふさわしい付加価値が何なのかという点については、時間をかけなければ合意できない。

「そのすり合わせを抜きにしてブルドーザーが走ったから、かえって裁判沙汰のトラブルが起きてしまったじゃないですか。こういうことが続けば、先生が目指す改革の実現は、かえって遠のくことになりませんか」

それまで前のめりになっていた新庄校長が力を抜いてソファーの背もたれに体を預けると、スーッと空気が漏れる音が聞こえた。

「私はやるだけのことをやる、それだけですよ」

結局それが、この学校で聞く新庄校長の最後の言葉になった。

過激化した保護者会から理事に向けられたファックス攻撃はその後も散発的に続き、たまりかねた理事会が校長の解雇を決めたのは七月の初めだ。校長を解雇するつもりだと堀田から連絡を受けたとき、高岡も譲ももう止めなかった。せめて混乱を小さくするため、学期中は避けて夏休み中に。その要望が受け入れられて、解雇は八月のお盆明けに通告された。

連絡がつきにくい夏休み中の解雇だったこともあり、田川たちのロックアウトという「抗議行動」に加わった保護者は少なく、一日だけで終わった。そもそも練習熱心な子を持つ親ほどこんな抗議行動には同調しないから、長続きするはずもなかった。

解雇された校長は裁判所に「解雇不当」を提訴したものの、同時に申請された地位保全の仮処分は譲が予想したように認められなかった。本人にもその信奉者にも気の毒だが、解雇をめぐる裁判が長引いた先でどのように決着するかにかかわらず、その頃には定年を過ぎている紅白風プリマが再びホールの舞台に立つことはない。

ここまで来てしまったら、譲にとって気がかりなのはひとつだけ。

後任にはどんな校長が来るのだろう。


「『新校長・吉見治です』か。どんな人だ」

春香が学校でもらってきたプリントを見ると、吉見新校長はこの音楽院高校のＯＢだという。大学を出たあとは長いこと音楽の教員として公立高校の教壇に立ち、最後は校長まで務めてから退職した矢先の着任だ。

「んとねー、こないだの映画のゴゼンサマみたいな感じ。あれよりは少しだけ若いと思うけど」

春香が言うのは、夏休みの終わりにテレビ放映された「寅さん映画」に出てくるお寺の住職。演じるのは、「日本のおじいさん」として没後も人気のある名優だ。前の新庄校長とは対照的な雰囲気の人で、話しぶりも穏やかすぎるぐらい穏やかだと春香は言う。

「もっと元気だしなよ、おじいちゃん、みたいな」

そう言って、春香はけらけらと笑った。

その少しだけ若い「日本のおじいさん」が譲に会いたいと言っている。数日後、そんな連絡を春香の担任からもらった。

その日、譲は旧館の外来者用玄関でスリッパに履き替えて校長室を訪ねた。ドアは開け放たれていたが、見えたのは校長のデスクの手前に立つ先客の背中だった。先客は一人の男子生徒だった。校長が何かを言うのに合わせて小さくうなずいているのがわかる。

着任早々、生徒を呼び出して説教でもしているのだろうか。ちょっと時間を置いて出直そうかと思ったところで、向こう側に座る校長が気配に気づいた。

「あ、飯島さん？　失礼、失礼、吉見です。中へどうぞ」

そう言って立ち上がった吉見新校長は、なるほど少しだけ若い「日本のおじいさん」だ。立ち上がりざま、いままで話していた生徒に何か言うと、生徒はぺこりと頭を下げてドアのほうに回れ右した。こちらに向き直ったのは、後ずさる少年、三輪亮輔くんだった。

校長室に一歩入った譲と、譲を出迎える校長と。二人が頭を下げて挨拶を交わす瞬間を狙いすましたように、亮輔くんは二人のすぐ横を足早にすりぬけて出ていった。「そそくさ」という音まで聞こえたような気がした。

しょうがない奴だなと苦笑する吉見校長の表情は、まるで孫の後ろ姿を不安げに見送るおじいちゃんだ。

「生徒にまともな挨拶もさせられなくてお恥ずかしい。あの子ね、人が苦手みたいなんですよ」

「生徒さんもいろいろですよね」

そう言いながら譲が勧められたソファーに座りかけたとき、校長のデスクに置かれた赤褐色の木の棒と楽譜の束が目に留まった。いや、棒ではなく木目の浮き出た美しい木の筒に一列の穴。

「あ、たてぶえか。懐かしいな」

「リコーダーね。これはアルト管。キングウッドって木なんです。きれいでしょ。バロックの頃によく用いられた楽器で、バッハなんかもたくさん曲を残しているぐらいなんだけど、一時期廃れちゃってね。教育用具として復活したのはいいんだけど、れっきとした楽器だって思わない人も増えちゃった」

自分だ、と譲がちょっと反省する。

吉見校長は木製のリコーダーを手に取ってソファーに座った。譲が知るプラスチック製とは違って木管楽器としての風格を感じるのは、美しい木肌もさることながら少しだけ若い「日本のおじいさん」が大事そうに手にしているからかもしれない。

吉見校長が遠慮がちに声を低くして言った。

「あのね、飯島さん」

「はい？」

何か他聞をはばかる深刻な話だろうか。譲の返事の声も低くなる。

「実はね、私、こう見えても実は音楽教師なんです」

重大な秘密を打ち明けるような口調に、思わず譲は吹き出した。

いや、先生、わかってますって。

「公立高校で音楽を教えられて校長までお務めになったとか」

「うん。そこで何人かの生徒にリコーダーを指導してたの」

吹奏楽部の分派としてリコーダー部を結成し、ソロもアンサンブルも。

「さっきの子にも、専科はリコーダーでいこうかって話してたんだ。小中学校でみんな経験してるし、それでいて奥は深い楽器だから」

「へえ、なるほど」

譜面が読めるかどうかも怪しい子だから、どの専科の先生も手を挙げようとはしなかったらしい。そこで校長が自らあの子の専科指導を買って出たのだと知って、譲は素直に感心した。

「音楽院高校の専科でリコーダー、それこそ『たてぶえ』っていうのも、悪くないんじゃないかなと思ってね」

うん、悪くない。こういうのを何と言えばいいのだろうか。ちょっと考えた譲の頭に、春香が口にした「〜感」という言い回しが思い浮かんだ。

「意外感があってかっこいいですよね。音楽というものの間口の広がり感もあって」

「でしょ？」

吉見校長は嬉しそうな顔をしたあと、いたずらっぽい目で譲を見た。

「飯島さん、わかりそうな方だから、本校の宝物をお見せします。ちょっとこっち」

吉見校長は座ったばかりのソファーから立ち上がり、先に立って廊下に出た。少しだけ若い「日本のおじいさん」は意外に早歩きで、廊下の突き当たりに譲を案内した。

「校長先生、もしかして壁の中のバイオリン……」

「えっ、飯島さん、知ってたの？」

たちまち少し若い「日本のおじいさん」は、驚かせるつもりだったプレゼントを先に見つけられた顔になった。知らないふりをして驚いてあげればよかったと後悔しながら、譲はオープン・スクールのときに発見したいきさつから始めて、春香たちがけっこう気に入っているらしいことまでを話した。

吉見校長は、うん、へえ、そうなの、と合いの手を入れ、「自分の在学中はまだこの旧館さえ建ってなかったから、この彫り物の由来は知らないけれど」と前置きすると、真顔になって言った。

「僕が尊いと思うのはね、これを削らずに残した先生方がいたってことですよ」

「はい」

めくりあげたトランプのカードが、すでに開いているもう一枚のカードとぴたりと一致したときの気分だった。自分もオープン・スクールの日にこのレリーフを見つけて、同じことを思った。

壁を引っかいて見事な絵を描いた子がいたことよりも、それを残してやろうと考えた先生がいたことこそが大きな出来事のような気がする。

吉見校長がうなずいて言った。

「自分の母校だから言うわけじゃないけれど、いい学校ですよ、本校は。いろいろごたごたがあるみたいだけどね」

「そう思います。子どもを入れてよかったと思います」

「そうおっしゃっていただけると、ありがたい。実は高岡さんからうかがってお会いしたいと思ったんだけど、思った以上の親御さんで安心しました」

それでね、と、吉見校長はバイオリンの線刻から目を離さずに言った。

「来年度、保護者会の副会長、よろしくお願いしますね」

今度は声色ひとつ変えず、前置きなしの直球。その単刀直入なもの言いに、譲はまた吹き出した。

吉見校長は最後に勤務した公立高校を退職したあと、地域の音楽サークルの指導でも引き受けながら悠々自適を決め込むつもりでいた。そこに理事会から連絡があり、新庄前校長の解雇に至る経緯を聞かされた末に次の校長への就任を懇願された。すでに生徒数は定員一五〇人を割り込み、係争中の裁判による悪影響も心配される。その沈静化のために、なんとかOBであり教育者、校長としての経験もあるあなたに一肌脱いでほしい。そう説得されて引き受けたのだが、「こりゃあ、火中の栗を拾うようなもんですな」と吉見校長は笑った。

赴任を承諾すると、堀田理事長が自身と同じプロテスタント系の牧師でもある高岡を、信頼できそうな保護者として紹介してくれた。そこで数日前に高岡と会って来年度保護者会会長への就任の内諾をとりつけ、その場で今度は譲を紹介してもらった。

「高岡さんも、飯島さんのことは信頼しておられます。もともと今年度、一緒に三役をやられるはずだったそうじゃないですか。ひとつ来年度はぜひ」

「わかりました。私でよろしければ、お役に立つかわかりませんが、お引き受けします」

そう答えながら、譲はもう、ＰＴＡの類は嫌いなんだぞとは思わなかった。

内諾への礼を述べたあと、吉見校長が思い出したように言った。

「このバイオリンの彫り物ね、来たばかりで何も知らない僕に教えてくれたのは、さつきの三輪くんなんだ」

10　警告書　へ短調 op.52

「これ、もらった」

リビングのテレビのニュースが終わる頃、スイッチを切ろうかと譲がリモコンを手にしたところで、自分の部屋から出てきた春香が一枚の紙っぺらを突き出した。

ああ、と譲が受け取るなり、春香は呆れたようにぽろっと言った。

「何でウチらがくじ引きしなきゃなんないの？」

「くじ引きで、何決めるんだ？」

「知らなーい」

それだけ言うと、すぐに春香は部屋に引っ込んでしまった。

秋に市内で開催されたピアノコンクールでの成績が振るわなかったのを境に、春香のそっけない態度が続いている。自分の成績が振るわなかったからというよりは、仲良しのミオちゃんが同じコンクールで入賞したからかもしれない。

低空飛行からスタートした「ピアノはじめまーす」の二人組は何をするにも一緒だったが、週に何度か早起きして朝練習に出かけるぶん、春香のほうがピアノにはまじめに取り組んできたはずだった。相変わらずミオちゃんは練習は最低限だし、レッスンでは叱られてすぐ泣いた。あるときは大野先生に「いちいち泣くんじゃない」と怒鳴られ、挙句の果てに「あなたは歌も上手なんだから、ミュージカル科に移れば」とまで言われたという。「悲しいよお」と言ってべそをかくミオちゃんを励ましたのはもちろん春香だし、話を聞いた譲まで焦ったものだ。

大野先生、それ、言いすぎでしょう。

ところが、打たれ強いというのか、もしかしたら鈍いというのに近いのか、ミオちゃんは次のレッスン日にはケロッとして同じ大野先生の指導を受け、同じように叱られ、同じようにべそをかく。そんな日が続いた末に一緒にエントリーした楽器店主催のコンクールで、ミオちゃんはちゃっかり入賞した。そのミオちゃんをなぐさめ励ましてきた春香のほうは選外。「うれしー」と無邪気に喜ぶ姿を見て、いつもはらはらしてきた挙句に選外となった春香は穏やかではなかった。

「なんか、ミオちゃん、要領よすぎ」

コンクールの帰路、家族の前でムスッとした顔でそう言ってからは、朝にミオちゃんと待ち合わせて登校することはなくなり、毎日朝練を入れるようになった。ムキになってという感じで昼休みもレッスン室に走り、ここのところミオちゃんとのおしゃべりに費やす時間はほとんどない。ぴりぴりした空気を身にまとったまま帰宅するものだから、家でも万事そっけなかった。

いったい、この不機嫌はいつまで続くのやら。こういうのもライバル心と言うのだろうか。ただの嫉妬に近い気がして、譲は週末にでも大野先生に相談してみようと思っていたところだ。

そんな調子だから、このところの学校の様子を聞き出すこともままならない。今もいらだちまじりの空気と一緒に目の前に突き出したプリントの中身も、何が気に入らないのかも、春香は口にしなかった。

くじ引きって何のことだ？

目を落としたプリントの一番上には、〈次年度保護者会役員選出について〉と書かれていた。保護者会会長を務める田川隆一名で出されたプリントだ。少し読み進めて、「何でウチらがくじ引き」と春香が呆れた理由がわかった。春香が呆れてみせたのは、ただ不機嫌なせいではなかった。

次年度の保護者会役員は役員会宛て書面で立候補を受け付けて決定し、候補者のない欠員は親の代理で生徒たちにくじ引きをさせて「当選」者を決定する。田川たちは、プリントの中でそう説明していたのだ。

これでは誰が立候補によって役員になったのか、どの役職が候補者のない欠員なのか、一般の保護者にはわからない。ひとつの役職に複数の候補者があった場合には選挙するのか、それとも役員が調整して絞り込むのかも書かれていない。おまけにくじ引きとなると、事情を抱えて忙しい家庭の生徒や遠隔地から来て寮生活している生徒が「当たり」を引いてしまった場合、その子たちの親が問答無用で役員にさせられてしまうではないか。

次年度も新庄前校長を支持するグループで三役を固めるには、密室での役員選出が好都合だろう。だが、役員会は三役だけではない。委員や係の類が五つか六つ。ところが、あのロックアウト事件でいまの保護者会の役員は一般保護者の信頼をすっかりなくし、役員会内部にも田川らの無謀な行動に付き合わされたことへの不満が強い。その状態では次年度の役員を引き受けようという保護者はなかなか集まらないから、欠員は子どもたちにくじを引かせて強引に埋めてしまおうというわけだ。

こういうのを、ご都合主義の泥縄式って言うんだよな。

企業の世界でも政治の世界でも、代表の選出はとりわけ公平性や透明性が求められ、だからこそ選出方法を定めた規約や法律を改定するには慎重な議論と手間暇がかかる。でも、この穴だらけ、隙だらけの新しい選出方法は、せいぜい一時間か二時間ほど額を寄せ合って思いついたものだろう。だいたい、保護者会役員の選出方法を総会にも図らずに現役員だけで変更してしまっていいわけがない。もともと田川たち三役は、役員会内で内定した高岡や譲、ヤノケンといった候補者がいたにもかかわらず、「選挙」

を主張して新たな役員に成りあがった人々だ。それが今度は手のひらを返したように密室での選出を思いつくのだから、彼らの焦りも大きいに違いない。

すでに新庄前校長が解雇されて四か月あまり。つい先日、裁判所から出された和解案を新庄前校長があっさり受け入れたと聞いた。数年かけて自分が勝訴したとしても、そのときにはすでに定年を迎えているから、どのみち職場復帰はない。だから和解を受け入れるほうが得策と、前校長も考え直したのだろう。

前校長の解雇に抗議してロックアウト事件まで起こした田川たち「良くする会」にしてみれば、かつぎ上げたはずの神輿の御神体に逃げ出された形となった。もう譲のような保護者を理事会派呼ばわりすることはなくなったし、ファックス攻撃もロックアウトも起きない。それでも保護者会を牛耳り続けたいと考えるのは、もう彼らにはあの役員会にしか居場所がないからなのかもしれない。何が目的で始めた活動だったのか、彼らはすっかり見失っているのだろう。

初めは自分の子どもが通う学校をよくしたいという純粋な思いだったものが、新庄前校長への忠誠にすり替わり、いまは自分たちのグループの保身が目的化している。ひょっとしたら、いつの日にか自分たちの手で再び新庄を校長の座に呼び戻そうと思い詰めているのだろうか。善意と熱意で突き進んだ先に行き着く世界が、こんなにも狭くて息苦しいものになるとは、本人たちも思っていなかったはずだ。

それでも、まだ大野先生は、あの人たちと一緒に進むつもりなのだろうか。

岡田グランドホテルのロビーにある「ウイ・ラウンジ」という喫茶店は、ボリュームのあるコールドビーフを挟んだベーグルサンドが有名だ。どんと置かれたベーグルサンドとデザートのボリュームを見て、大野先生は仰天した。

「これ食べたら、晩ご飯食べられないわね。夕食を作るのはやめにして、主人の分はデパートで何か買って行こうかしら」

「わざわざすみません、お休みの日の夕方に」

「いいのよ、ちょうどレッスンは近くのスタジオだったから」

冬休み、コンクールに出場予定の三年生の子がいる。本番までに仕上がるかどうか微妙なところで、学校の閉まっている休日もピアノ付きのスタジオを借りての猛練習中らしい。そのレッスンを終えての帰り、時間を作ってもらった。

「で、ミオちゃんとハルちゃんのことだったわよね。まあ、ライバル関係の始まりということとじゃない？」

大野先生はたいして心配もしていない様子だ。

「ミオちゃんの好成績に嫉妬してるだけに見えて、どうなのかなと思うんですが」

「あら、嫉妬だって自分の音楽を磨くのには大事な要素よ。あのマイちゃんだって、ライバルができてからのほうが伸びたんだから」

「ライバルがいたんですか？」

「深沢耀司くんて、知らないかしら？　いまはクラシックじゃないのよ。ジャズピアニストとしてけっこう知られてて、ときどき海外のアーティストと組んで遠征してるって。去年の年賀状だと、ヨウジくん、そのうちニューヨークに拠点を移すかもしれないって」

ヨウジくんはもともとサックスを吹いていたという。クラシックの曲をジャズ風にアレンジしようと、空き時間があればピアノで弾きながら譜面を作っていたらしい。

「それを何かのときにみんなの前でピアノ演奏してみせる機会があって、聴いた人たちの度肝を抜いちゃったのね」

それがきっかけでピアノ科に移った。

「そんなに上手だったんですか？」

「ピアノは小さい頃から習ってたから技術は確かだし、曲のストーリーのつかみ方に普遍性があったのよね。わかるかしら、普遍性」

ヨウジくんは、ある曲をジャズで弾いてもクラシックで弾いても揺るがない部分、残る部分というのを的確に弾き当てて、絶対に外すことがなかった。まったくの独力で編曲したジャズ風ピアノ曲を弾ききったヨウジくん。その演奏を聴いて衝撃を受けたのがマイちゃんだった。

「いまの子たち、よく言うじゃない、『マジ切れした』って。あのときもそう言ってイラついてたけど、それ、要するに嫉妬よね」

自分が何百時間も弾いて仕上げる神聖な曲を、ひょいと自分風にアレンジしていいとこ取りしているというわけだ。

「でも、ひょいとアレンジできたってことは、そのヨウジくんにはマイさんが焦るほどの実力があったということですかね」

譲が尋ねると、いやいや、と、大野先生は手を横に振った。

「そうじゃなくて、『ひょい』となんてアレンジできるわけないの。やっぱり編曲にはとんでもない時間をかけていたはず。つまりヨウジくんの努力のたまものなんだけど、マイちゃんからすると『あれは要領がいいんだ』って言うわけ」

嫉妬する自分を納得させるために、相手は要領がいいだけなんだと決めつける。春香も同じかもしれない。

「でも、そういうときはね、余計なこと言わずひたすら練習に取り組ませれば、『要領』って決めつけてたものの中身が見えてきて、相手へのリスペクトに変わるものなの」

だから、卒業する頃の二人は互いに認め合うライバルになっていたし、いまも違うジャンルで活躍している相手をどこかで視野に入れているのではないか。

「これは二人を知る者としての期待を込めて、ですけど」

　嫉妬がリスペクトへと変わるのを見守るしかない、親が飲ませてやれる特効薬のようなものなどない、ということか。

「それにね、練習はハルちゃんのほうがするでしょ？」

「ええ、まあ。だから嫉妬するんです」

「練習をすることができるのも才能なんですよ。音感があって技巧もあるけれど、練習をする才能がないから一流になれない人もいる。もちろん逆も。すべてそろっている人はめったにいないから、みんなでこぼこだし、それを埋め合わせるための努力の形もでこぼこ、仕上がり方もでこぼこですよね」

「でこぼこしてるから、その奏者はダメというわけではないんですね？」

「でこぼこなりの努力をすれば、必ず誰かからはリスペクトされるだけのものにはなる。前に話した『弾く者同士』っていう感覚が、お互いに生まれるのよ。レベルの違いを超えて、音楽と向き合う人同士にはなれる」

　なるほど、とうなずく譲の胸の中で、話そうと思っていたもう一つの主題の旋律が頭をもたげていた。

　この大野先生には、いつまでも田川たちの「良くする会」の広告塔でいてほしくない。

「この音楽院高校を何十年も経営してきた理事会にも、リスペクトすべき歴史とか努力とかはあったと思いませんか？」

意表を突かれた大野先生は、軽い頭痛がするときのように額に手を当てたあとに言った。

「だいぶ前、モーツァルトのことを同じ宮廷で楽長を務めていたサリエリっていう作曲家の視点で描いた映画があったでしょう。観たことある？」

「え、あ、はい」

若い頃観たし、何度かテレビでも放映された。サリエリは卓越した才能に恵まれたモーツァルトへの嫉妬の念に駆られ、天衣無縫で他人を疑うことを知らないモーツァルトを半ば騙しながら精神的に追い詰め、遂に死へと追いやる。

いや、でも、今は映画の話ではなく、音楽院高校のことを……。

そう言いたくて口を開きかけた譲とは目を合わせず、大野先生がテーブルのティーカップを見ながら話を続ける。

「あれはあくまで映画の中でのお話だけど、サリエリの心は深い深い嫉妬に支配されちゃうわけよね。でも、嫉妬できたってことは……」

「先生、嫉妬のことは、さっきのお話で私もわかりました。それよりも音楽院の……」

「嫉妬できたってことは、サリエリのほうにも相手の才能を見抜くだけの力があったってことよね。春香ちゃんだって……」

相変わらず先生の目は、譲ではなくティーカップを見ている。

「春香のことは、先生がおっしゃったようにしばらく見守ります。僕がいまお尋ねしてるのは、理事会にもこの街に音楽が根付くきっかけを作り、ウチの高校を長いこと存続させてきた歴史はあるわけで……」

「嫉妬するだけの実力はあるんだから、それを練習にぶつけているうちに、相手が勝ったわけが見えてきてひと回り深い尊敬の念が……」

同じような話を繰り返す大野先生はティーカップを見たままだ。目線も会話もずらし続ける大野先生にいら立って、譲の声が少し大きくなった。

「でも、気づいたことを素直なリスペクトにつなげるのではなくて、サリエリはモーツァルトを死に追いやっちゃうんでしたよね。僕だって観ましたよ。じゃ、先生はどうなんですか。経営者と指導者、立場は違うけれど、理事会と先生だって若者が音楽を学ぶ場を支えてきた者同士でしょう。そういう人間『同士』のリスペクト、先生の中に、ありますか」

相手へのリスペクトを欠いたまま自分たちの考える改革を唯一無二と思い込んだがために、敵にしなくてもいい人まで敵に追いやってこなかっただろうか。自分たちは正しいことをしているのだから手荒なことも許されるという驕りはなかっただろうか。そうして最後は自分たち自身が孤立し、振り返ってみれば悪いほうへ悪いほうへと進んできてしまったのではないか。

やっと大野先生が低い声で答えた。

「そうよね、飯島さんの言われるとおりかもしれない」

それなら、と譲はいまの保護者会役員会のありさまを説明した。

「先生から何とか、もう強引なことはやめるように言ってもらえませんか」

「でもね、一緒に動いてきた仲間を裏切ることはなかなか……」

「裏切れなんて言ってるんじゃないですよ。もともと、子どもたちのため、この音楽院高校のためを思って動きはじめたわけでしょう。それがこの曲の『主題』っていうやつですよね。その主題に帰って、いまは何が必要かを考え直してほしいというだけなんです」

子どもたちは、大人たちの対立そっちのけで自分なりに音楽と向き合おうとしている。それこそ才能や個性のでこぼこや自分の努力不足からくる嫉妬などがあっても、大野先生の言葉を信じるなら、いつか子どもたちはそれを仲間へのリスペクトに変えていくに違いない。

「それなら、音楽に向き合う者同士のリスペクトが生まれる場を壊すわけにはいかないでしょう。音楽院は、その場、その器ですよ。これを壊したら、仲間への裏切りところじゃなくて子どもへの裏切り、音楽を目指す若者への裏切りになりませんか？」

一分か二分のあいだ黙ったあと、少し大きく息を吸った大野先生は何かをこぼすまいとするように上向き加減で小さく言った。

「考えてみます」

さっきまで見つめるばかりだったティーカップに、大野先生はようやく手を伸ばした。

窓から見下ろす形で広がる岡田市が濃い藍色の空気に包まれたかと思う間もなく、遠くの岡田港に停泊する貨物船のライトが銀色にきらめきはじめていた。市街地の高層ビルの壁や広告の色合いが失せ、大都市の全体が点滅するイルミネーションになろうとしている。

なるほど、夜景が自慢のお店というだけのことはある。

いい席を確保してくれたヤノケンに譲がお礼のメールを打ち終える頃、少しだけ若い「日本のおじいさん」が店員に案内されてやってきた。

「遅れちゃって申し訳ない。これ、買ってたもんだから」

手に持っているのは、市内で名を知られたＣＤショップのレジ袋だった。

「本当はインターネットで注文すれば早いんだろうけど」

そう言って席に着いた吉見校長は、袋から二枚のＣＤを出して譲に自慢げに見せた。

カバー写真に写っているのは美しい西洋の女性だ。四〇歳ぐらいだろうか。うっそうとした森林を背にした彼女は、リコーダーを手にしてこちらを見ている。

「プロのリコーダー奏者ですか」

「うん、デンマークの名手。亮輔に聴かせようかと思って」

「それで、わざわざ先生が？」

「あの子、意外に頑張るよ、こないだまで五線譜も怪しかったのに。練習が苦にならないらしくて、何時間でも吹きますよって顔してるの」

練習できるのも才能だという大野先生の言葉を思い出した。そういえば、ヨッちゃんと連れ立って職員室の用事を済ませた春香が、あの旧館の鉄扉の横の空き部屋から「たてぶえの音が聞こえた」と言っていたのは冬休み明けのことだ。それを聞いた譲は、春香の「たてぶえ」を「リコーダーね」と訂正しながら、きっと亮輔くんだと思った。

「旧館一階の空き部屋がレッスン室ですか」

「よく知ってるね。本当のレッスン室は上の階にあるんだけど、実はね、僕、こう見えても校長なんですよ」

はいはい、と譲は笑った。

校長室には意外に頻繁に電話がかかってくるし、来客だって多い。校長室とすぐに行き来できる場所だし、リコーダーは音量も小さいから職員室にも迷惑はかけないだろうということで、かつて印刷室に使われていたあの部屋を「リコーダー科」のレッスン室にした。

いいアイディアですねとうなずいてから、譲が身を乗り出した。

「そのお忙しい校長先生に厄介事をふっかけて恐縮なんですが、実は私、一人の保護者の立場で先生宛に『警告書』を書こうかと考えまして」

「ほう、ほう、僕に警告書を。で、この年寄りの罪状は何なの？」

ひょうひょうとした口調を崩さないどころか、吉見校長は興味津々だ。

「次の保護者会役員選出について、昨年末にプリントが配られたのはご存じですよね？」

「あれはひどいねえ。『これ、どうなんでしょうね』って副会長さんには言ったんだけど、『役員会の合議の結果だから』って頑張られちゃって」

「ええ、先生が役員会の合議に直接介入することはできないと思います。でも、子どもや保護者が不利益をこうむる事態が学校内で起きそうな場合は、それを防止する責任が校長にはありますよね」

「うん、管理責任とか監督責任ね」

「それを怠ったら、当然保護者は校長の責任を問題にしますよね。いじめを放置したとか、安全配慮義務を怠ったとか。それと同じ理屈で、このまま校長が何も手立てを講じないのなら、監督や管理の責任者として失格だぞという警告書を出そうかと」

「ああ、それで『僕が校長としての監督責任を問われるまでの事態になっているから、あなたたち再考してください』と」

「役員会を指導する大義名分ができますよね」

「そういうことならね、校長が青くなって保護者会会長を呼ぶぐらいのもんじゃないとダメだよ。かなり仰々しくやってもらわないと」

少し若い「日本のおじいさん」はいたずらっぽく言った。なかなかの狸である。

「ええ、その手の文書のやりとりには慣れてるつもりです」

そう笑って、譲は文書の原案をテーブルの上に出した。

次年度役員の選出方法は不透明かつ一方的。異常なものであり、中止を求めると同時に公正な選出方法を決めるための総会の開催を規約に基づいて要求する。また、この夏、役員会のメンバーが生徒の登校を妨害して授業を受ける権利を奪ったことについても、総会での説明を求める。さらに、一部役員がことさら理事会との対立を先導してきたことは保護者の総意とはかけ離れており、これも総会で議論すべきだ。

「ここまでが、保護者会会長に向けての要求。次はそれを受けて校長、吉見先生に対する要求です」

校長は施設管理者であり、その施設を日常的に使用している保護者会は学校の管理下にある。校長はその保護者会の役員が生徒や保護者の利益を損ねることがないよう、指導する義務があるはずだ。校長には役員会が総会を開くように指導することを求める。

「うん、『学校側管理者には』、これ、僕のことね。『現保護者会が管理監督および指導に従わない場合、学校の公認保護者会としての地位を剝奪し、保護者に由来する財産である現存会費の没収、施設の使用禁止措置を求める』。うまいねえ、飯島さん。これなら慌てた顔して田川さんを呼び出すことができるよ。まるでプロが書いたみたいな警告文だ」

これでも一応プロですから、と笑ってから、譲は言った。

「いや、言葉は四角四面で面白くもなんともないですが、嘘も大げさなことも何ひとつ書いていないんです。原理原則からきちっと説き起こしていくと、こうなるんです」

この二日後、清書した警告書を校長室と保護者会の役員ポストに届けた。それから一週間ほどして、春香がまた一枚の紙をそっけなくリビングのローテーブルに置いた。

「また、もらったよ。どうなってんの？」

相変わらず不機嫌な春香はそれだけ言うと、例によってすぐさま自分の部屋に引っ込んだ。テーブルに残されたプリントには〈次年度保護者会役員の選出方法についての訂正〉と書かれていた。

〈さまざまなご意見があることを勘案し、次年度保護者会役員については昨年同様、役員会が推薦する候補者と期日までに届け出のあった立候補者を合わせ、総会の場での選挙で選出することといたします〉

こうして、くじ引きは中止となった。

五月、開催された総会では校長の推薦に基づいて会長候補として高岡、副会長候補として譲と、本業が忙しくなったヤノケンに代わって荒川さんが名乗りを上げた。もう、「良くする会」から候補者が立つことはなかった。

一連の話、音楽院高校のすったもんだはこれで終わりになる、はずだった。

11　ヤマンバ登場　変ロ短調 op.35

春香が二年生の年は高岡が保護者会会長を務め、その翌年の会長は譲。この間の役員会は保護者間の感情的なしこりを解きほぐすことに力を入れ、かつての「良くする会」関係者にことさら気まずい思いをさせるようなことは慎んできた。ヤノケンが奥さんから聞いたところでは、吉見校長の茫洋とした人柄も、ずいぶん職員室での緊張をほぐしてくれたようだ。

そしてもうひとつ、音楽院の沈静化に一役も二役も買ってくれたのは、大人たちの対立など知らないかのように屈託なく過ごし続けてきた子どもたちだった。

高岡の下で副会長を務めた年の秋、校内音楽祭が開かれた日のことを譲はいまでもよく覚えている。

その日、朝から大ホールで開催されるメイン・コンサートに先立って、校長と保護者会会長が壇上で音楽祭の開会挨拶を述べることになっていたが、高岡が本業で出席できなくなった。代わって挨拶することになった譲は、吉見校長との約束どおり開会の少し前に学校に着いた。

校長室で落ち合うために旧棟の来客用玄関から入り、下駄箱からスリッパを取り出して廊下にひょいと置いた譲は、いつもの癖で校長室とは反対側の端、あの鉄扉の向こうの壁に目をやった。鉄扉が大ホールに通じる通路に向かって開け放たれているせいで、普段は薄暗い廊下のどん詰まりがいつもより明るく見える。その先の壁には……。

あれ、何か貼られている。

あのバイオリンがひっそりと身をうずめて息をしているはずの壁に、それまでなかった絵か何かが貼られているのが遠目に見えた。大きさも色合いも、あちこちに貼られている今日の音楽祭の公式ポスターやチラシとは違う。

よりにもよって、まるでアレを隠すみたいに。

大事な宝物をぞんざいに扱われた気がした譲は、校長への挨拶を後回しにして廊下を歩いた。バイオリンを目隠しするように貼られているのは何だ。確かめてやろうと端までたどり着いた譲は、貼られたものの正体を知るなり声を出さずに爆笑した。

貼られていたのは壁に身をうずめるバイオリンの線刻を囲む、即席の額縁だった。

壁に刻まれたバイオリンの質感に比べるとお世辞にも芸術性が高いとは言いかねるが、一生懸命に工夫したらしい図画工作。厚紙の真ん中が楕円に大きくくり抜かれて窓になり、その窓から壁の地肌に刻まれたバイオリンがうっすらと顔をのぞかせている。厚紙でできた額の外縁はバラの花やツタのような絵があしらわれ、バイオリンがおさまる丸窓の上には大きな筆記体でレタリングされた英語の題字。

〈Music Festival 2016〉

今日の音楽祭に合わせての装いらしい。

すぐ下には題字を載せるアンダーラインを兼ねた形で、長くて幅広の横棒が描かれていた。少し後ろに下がって全体を見直すと、額縁を横断するほど長いその横棒は、バイオリンを演奏するのに欠かせない弓だった。

バイオリンと大きさのつり合いが取れていないけれど、意味はわかる。レリーフには弓が添えられていないから、それを自分たちが補って弾いてやろうということなんだな。

弓の手元には題字よりひと回り小さく〈１９５３〉。岡田音楽院高校創立の年だ。それなら弓の先端はもちろん〈２０１６〉だろうと目をやると、そこには〈forever〉と書かれている。

「永遠に」。いいじゃないか。

この即席の額縁をこしらえたのが誰なのか、何となく想像できた。白い厚紙の余白部分に黄色やオレンジ、それに淡いグリーンの玉模様が散らばっているような気がした。

たったひとつ奇妙なのは、弓の軸の真ん中あたりに小さなシールが斜めに貼られ、そこに〈１９７３〉と書き込まれていることだ。額縁の構図はわかりやすすぎるほど単純なのだが、あとから付け足して貼られたらしいこのシールの意味だけが譲にはわからなかった。

右手でガラッと音がした。音のほうに譲が顔を向けると、少しだけ若い「日本のおじいさん」が校長室から顔をのぞかせ、「やあ、おはようございます」と言った。

しまった、吉見校長と待ち合わせていたんだ。

すみませんと譲が言うより先に、こちらに向かってきながら吉見校長が相好を崩す。

「いい子だねえ、春香さん」

やっぱり。

前日、ヨッちゃんとミオちゃん、それに春香の三人が校長室にやってきて、部屋を黄色とオレンジ色、淡いグリーンの声でいっぱいにした。

「そこの壁に絵を貼らせてくださいって、わざわざ僕の許可をもらいに来たんだ。何かと思って見たらコレでしょ。笑っちゃってね。もちろん即ＯＫですよ」

もっと凝ったものを作れよと言いたいところだが、親ならではのくすぐったいような気分を味わえる娘の子ども時代ももうじき終わる。そう思うと、ちょっと幼い図画工作をほめてやりたい気もしてくる。何よりも、音楽祭にあたってこのバイオリンを思い出したのはヒットだ。

それにしても、わからないのはこの取って付けたようなシール。

「先生、この『１９７３』って何があった年でしょうね？」

「あっ、それね」

こんどは少し若い「日本のおじいさん」が、くすぐったくて仕方なさそうな顔をした。

「それ、ボクが三人に強引に頼んで貼らせてもらったの。一九七三年、昭和四八年。木管科ヨシミオサム、そつぎょー。絵の構図、崩しちゃったかな」

そう言って、おじいさんは顔をくしゃくしゃにして笑った。年甲斐もない、と思いながら譲は苦笑するしかなかった。

校長と一緒に大ホールでの挨拶を済ませてからしばらく演奏を聴いたあと、譲は同じ建屋内の小ホールに移動した。前年の音楽祭では大ホールで各科トップの子たちが演奏するメイン・コンサートにばかり気を取られていたが、今年はこの小ホールやいくつかのレッスン室をこまめに回ろうと思っていた。メインの選に漏れた生徒たちが、校内のあちこちで自分の楽器を奏でるミニ・リサイタルを開くのだ。

大げさな飾り付けがしてあるわけではないが、あの緊急総会や保護者会総会が開かれた小ホールも今日は華やかな空気の漂うリサイタル会場に様変わりしている。譲が幕間にこの会場に入ってから二番目に登場したのがヨッちゃんだ。あごの線まで伸ばした髪を揺らしながら奏でるフルートの音は、譲にはやっぱり淡いグリーンに輝いているように聞こえた。

ところが、吹き終えたあと、どうしたわけかヨッちゃんがステージから飛んで降りるなり廊下に駆け出して行った。次の幕間の休憩時間にトイレに立つと、近くの廊下で目を赤くしているヨッちゃんを春香やミオちゃんたちピアノ科の女の子がいたわるように取り囲んでいる。

ヨッちゃんのうわずった声が聞こえた。

「もう、サイッテー。アタシ、専門はフルートですなんて、恥ずかしくて人に言えないわよ」

譲のような素人には気づかない、でも、音楽を専門に学ぶ生徒にとっては大きなミスでもあったのだろう。ヨッちゃんのまつ毛の長い目から涙が溢れそうだ。手からはみ出しているタオルハンカチに、小鳥があしらわれているのが見えた。

「ドンマイだよ、ヨッちゃん。まだ午後のアンサンブルがあるんだしー。それ終わったら、アイス一緒に食べよ」

春香がこう言ってなぐさめると、ハンカチで目を押さえたままヨッちゃんがうなずく。あごのラインまで伸びた髪が、さらりと揺れた。

「ありがと、ハルちゃん。アタシ、次はガチで頑張るから」

アイスと聞いて元気になったのか、言葉に熱と明るさが戻った。

「ハルちゃんたちのピアノ、これからリサイタルだよね？　アタシも聴くから！」

「えー、マジでー？　なんか緊張しちゃう」

あっけらかんとした春香の声に続けて、「まだ三〇分もあるよー」というミオちゃんの寝起きのような声が聞こえた。

あれ、いつの間にか仲直りしている。二人はいま、本当の意味でのライバルになれたんだろうか。

ちらっとそんなことを思っているあいだに、ヨッちゃんを囲んだ数人のかたまりはさえずりながら廊下の端に消えた。もしかしたら演奏の腕前はこの学院の中では「並」なのかもしれないが、校内各所で開かれるそれぞれの小さなリサイタルは、一人一人にとってのメイン・コンサートに違いなかった。

帰り際、もう一度あの壁の中のバイオリンを飾る即席の額縁の前に立った。さすがに年甲斐もないいたずらが恥ずかしくなったのか、〈１９７３〉のシールははがされている。譲はまた苦笑してから即席の額縁に囲まれたバイオリンの線刻を眺め、不意に大事なことに思い当たった。

このバイオリン、まだ弦が張られていないんだった。誰が張るのだろう？

こうして日常の音を取り戻したかに見える音楽院高校だったが、耳を澄ませるとその音の奥底には不快なひび割れた音が混じり始めていた。ひび割れの中から姿を現したのは「ヤマンバ」だった。

出現を最初に通報してきたのは三年生になった春香だ。それは春香にとって最後となる夏休みを間近に控えた暑い日のことだった。

「今日ね、いきなりヤマンバが出た」

ヤマンバ。大野先生と同じピアノ専科の非常勤講師のあだ名で、本名は山本敦子。長い髪の毛はソバージュで、いく筋かは金色に染められている。これにどぎついメイクと原色系のスーツ、その外側にシャツの襟を出してのしのしと歩く姿が加わって、遠く離れたところからでもこの先生だとすぐにわかる。ボンと膨らんだ髪の毛を振り回し、肩をいからせながら廊下を闊歩する姿を見たときは、山本先生をヤマンバと名づけた子どもたちの感覚は言い得て妙とうならされたものだ。

そのヤマンバが出現。

「どこに？」

「国語の授業。『視察』だって」

ヤマンバが音楽院高校の卒業生でもあることを知ったのは、そのひと月半ほど前、譲が高岡の後任として保護者会会長に選ばれた五月の保護者会総会でのことだ。議事がひととおり終わって間もなく解散という頃、小ホールに乗り込んできたヤマンバは「保護者の皆さんにひと言ご挨拶したい」と言って、議長らの否も応も聞かずにステージに上がった。ピアノ以外の専科の保護者には知らない人も多く、ずかずかと中央に進むヤマンバの姿に、「何だアレは」というざわめきの波が小ホール全体に広がった。ヤマンバはその小ホールを眺め渡すと、「このたび同窓会長に就任した山本敦子です」と名乗った。

「専科ではピアノを通してしか関わることができませんでしたが、これからは理事会のバックアップのもと、行動する同窓会長として学校運営にも積極的に関わってまいります」

それを聞いて、保護者会会長に選出されたばかりの譲は、もう聞きたくないと思っていた不協和音がどこかから聞こえたような気がした。ヤマンバはかつてあの新庄元校長に指導力不足をなじられて休職に追い込まれ、元校長や理事会を相手に訴えを起こした教員の一人だったからだ。それが新庄元校長の解雇と入れ替わりで講師として復職したばかりでなく、今度は理事会への出席権を持つ同窓会長に。帰ってきたヤマンバは、いったいこれからどう「行動する」つもりなのだろう。どこの学校でも、日常の教育活動に同窓会長がしゃしゃり出てくる場面などないはずなのだが。

その疑問への答えが、春香が緊急レポートするヤマンバ出現だった。

「ピアノの先生がなぜ国語の授業をご覧になるんですかって、国語の先生が言ったの。そしたら、いまはピアノ講師としてではなく同窓会長として視察しています、だって。国語の先生の顔、ひきつってたよ」

教壇に立つ教師は一国一城の主みたいなものだ。ただでさえ先生という人種は、自分の授業に他の先生が踏み込んでくるのを嫌う。さっきまでピアノ講師として振る舞っていた先生が「同窓会長」に早変わりして、他の先生の授業に乗り込むなんて聞いたことがない。おまけにそれが「視察」という上から目線の参観では、踏み込まれた先生も生徒もたまったものではないだろう。そんな芝居がかったことをするヤマンバが何を狙っているのかを、譲は間もなく大野先生から聞いた。


春香は夏休みに少し大きなコンクールに挑むことになっていた。そのコンクールに向けて大野先生と打ち合わせようと、譲はメールを打った。

コンクールは学校とは別に個人が挑戦するものだから、交通機関や宿泊の予約、そしてコンクール直前の練習場所を確保するのはそれぞれの生徒の保護者の仕事だ。ピアノがなければ直前練習ができないから、ピアノ付きの貸スタジオなどを会場近くに見つける。各地から集まるコンクール参加者の数は多いから、ホテルや貸スタジオはいち早く押さえなければならない。今度のコンクールでは大野先生も付き添って直前練習を見てくれることになっていて、先生の分の新幹線やホテルの予約も譲の仕事。コンクールに挑む子の親は、いわばマネージャーである。

先生から直前の練習の予定、宿や食事の希望などを聞いておこう。そう考えた譲は、やれやれと思いながら〈打ち合わせのため、放課後少しだけおじゃましてよろしいでしょうか？〉とメールを打って送った。

五分ぐらい経って、大野先生から返信があった。

〈校内でコンクールの話はしづらいので、またホテルのロビーかどこかでお願いできますでしょうか。よろしくお願いいたします。／大野〉

どうして校内では話しづらいのだろう。これまで大野先生がそんなことを言ったためしはなかったのに。文面を見つめて首をかしげる譲の胸の中で、また不協和音が小さく響いた。

どの専科でも、あるレベル以上の子は学外でコンクールに挑む。私的な活動とはいえ、生徒がコンクールで活躍すれば学校案内パンフレットやホームページにも載る。音楽院高校としては何よりの学校ＰＲになるからだ。

それなのに、学校の中では話しづらいって、どういうことだ。

「いまは校外で開催されるコンクールの課題曲を学校のレッスン室で弾かせただけで

つるし上げられるのよ」

いつかと同じホテルのロビー喫茶「ウイ・ラウンジ」で、大野先生は腰を下ろすなりそう嘆いた。

「誰に、ですか？」

「決まってるじゃない、ヤマ……、山本さんよ。抜き打ちの授業参観の話、春香ちゃんから聞いてない？」

非常勤講師の身でありながら、同窓会長の肩書をひっさげて他人の授業に乗り込み、他の教員の指導ぶりのアラ探しをしてはメモを取る。職員会議でそのメモを読み上げながら教員を責め、「このメモは同窓会長として理事会に提出します」と脅す。

この攻撃は、生徒を熱心に指導する専科の講師にも向けられた。

「私、毎回のレッスンの終わりに、春香ちゃんたちに講評メモを渡しているでしょ。当然、コンクールで弾く曲の練習についてのアドバイスも書くわけよ。それも『規定外の指導』だって騒ぐわけ。ルール内で指導ができない講師は『失格教師』だって」

ヤマンバが狙うのは安藤先生をはじめ、かつて新庄前校長を支持した教員たちばかりだった。そして攻撃は、前校長を支持する人々の広告塔のようになっていた大野先生にも及んだ。

つまり、と譲は思った。過去のビデオを、裏返しにして見せられているわけだ。

時間が来たら、ハイおしまい。手間をかけることをせず、やりっぱなし。そんな指導ぶりをあの新庄校長から咎められたヤマンバは、失格教師となじられて辞めろと言われ、休職にまで追い込まれた。それとまったく同じことを、今度は理屈を鏡に映したようにあべこべにしてやり返している。「子どもっぽい」と言っては子どもに申し訳ないほどわかりやすい意趣返しだった。

「飯島さんが言ったとおり、私たちが余計な敵を作ったからよね。立場が逆転したとたん、今度は私たちが攻撃される側になってるもの。これ、自業自得かしらね」

職員室の中には、嫌気がさして、次の契約更新ではサインせずに別の職場を探すつもりになっている講師もいるという。

過去に攻撃された側が、今度は意趣返しとして同じ攻撃を相手に加える。譲はテロや戦争の報道で耳にする「憎しみの連鎖」という言葉を思い出した。あれも複雑な背景事情が解説されると小難しい国際問題に見えるが、案外、根っこにあるのはこういう原始的な感情かもしれない。その連鎖が音楽院の教職員たちを疲弊させ、とうとう離職の動きまで出ている。

でも先生、自業自得で済ませてもらっては困ります。

その「憎しみの連鎖」で学校が壊れれば、「難民」になるのは子どもたちなのだ。

真っ先にそう考えて、ヤマンバに食ってかかったのは吉見校長だったと大野先生は言った。

「私も初めて見てびっくりしたんだけど、吉見先生、怒ると怖いのよお」

「校長さんは、やっぱり問題だと考えてくれてるんですね」

少し救いを見たような気がした。大野先生が言うには、「日本のおじいさん」が怒るとこんなに怖いのかと思うほど強硬に、校長は同僚の授業への干渉を控えるように命じた。その剣幕に職員室が静まり返ったという。

「ところがね、周りの先生たちが震え上がっているっていうのに、ムシなのよ、山本さんは」

自分は非常勤講師としてではなく同窓会長として授業を視察している。校長といえども同窓会の仕事に口出しする権限はない。それがヤマンバの理屈だった。

翌日、昼休みの時間帯を見計らって譲は校長に電話を入れた。案の定、さしもの狸も弱り切っていた。何よりも厄介なのは、校内を荒らしまわるヤマンバの振る舞いにお墨付きを与えているのが理事会らしいということだ。非常勤講師と同窓会の会長という二つの肩書を自在に使い分ける論法に困り果てた校長が理事長に相談すると、理事長の堀田までもが「静観するように」と吉見校長に言った。同窓会長がやり玉にあげている教員たちはかつての言動に問題のあった連中、あの「良くする会」やそのシンパの連中ばかりだから、理事会としてもかばうつもりはないというのだ。

「牧師さんなのに『連中』なんて言っちゃって、理事長はまだ荒れているみたいでね」

こうなると自分にも打つ手がないと、吉見校長はぼやいた。

それを聞いた譲は堀田理事長を訪ねることを決めた。まがりなりにも今は保護者会会長だから、保護者の代表としてご相談があると言えば、堀田も会うことは拒めないだろう。自分は自分なりに「良くする会」の暴走を止めようとした側の人間だから、今でも話を聞いてもらえるのではないかという期待もあった。

それから二日経った日の午後、譲は久しぶりに互幸会の応接室で七三に分けた白髪と向き合っていた。

「これでは前と同じことの繰り返しになります。また泥仕合になりますよ」

「飯島さんには、そう言われるだろうと思ってた。たしかに、山本さんが好ましいことをしているとは思いませんよ。でも、泥仕合にするつもりはありません。これで終わり、ある種の大掃除です。種をまいたのはあの人たち自身でしょう。こちらがどんな目に遭ったのか、考えてもらいたい」

例のファックス攻撃にさらされたあと、堀田は自分が務める教会の担任牧師の辞任を教団に申し出るところまで追いつめられた。ファックスの中身は誇張と憶測ばかりの根も葉もない誹謗中傷だったが、信者や他の教会から疑いの目で見られている中で牧師は続けられない。

堀田が当面の措置として謹慎しているあいだ、教団関係者のあいだを駆けずり回って事情を説明し、堀田の牧師辞任を食い止めたのは、前年の保護者会会長の高岡だった。同じ牧師であり、音楽院高校の事情をよく知る保護者でもある高岡が奔走し、各団体にいきさつを話して回った。おかげで教団が堀田の辞意に応ずることはなく、元の教会でこれまでどおり牧師を務め続けるようにという指示を出した。

「高岡さんには本当にお世話になりましたよ。でも、音楽院高校にはいまも何食わぬ顔で勤めている人がいる。そのことは、やっぱり許せない」

「でも、ここで報復のようなことをすれば、それが必ずまた跳ね返ってきます」

大野先生のように熱心な先生の指導ぶりを攻撃するということは、その指導が受けたくてこの学校に入ってきた子の教育を受ける権利を侵害することになる。そんな行為が理事会公認で行われれば保護者から理事会に抗議が殺到するだろうし、保護者会としても理事会の責任を追及せざるを得なくなる。

またしても、形を変えた「保護者会」対「理事会」の構図ではないか。

「でも、やられた側、傷を負った側の気持ちはどこに持って行けばいいの？」

「あのファックス攻撃は当時の保護者会がしてしまったことです。いま現在、その保護者会の代表は私です」

そう言って、譲は椅子から立った。

「私がここで土下座して謝罪しますから、それで終わりにしていただけませんか」

席を外して床にひざまずこうとする譲を制して、堀田はフッと力なく笑った。

「やめてくださいよ、飯島さん。あなたが土下座することじゃないでしょう。別にあなたがやったことじゃないんだから。あなたがあの連中の暴走を止めようと尽力されていたことも、高岡さんから聞いて知っているつもりです。あなたがそんなことをするのは筋違いだし、無意味ですよ」

「でも、堀田さんの気持ちの持って行き場が必要だと」

それを聞いた堀田は、自分自身に向けた独り言のように語り始めた。

「教会に持ち込まれる相談事の半分かそれ以上が、よくよく掘り下げて聞いてみると他人へのうらみつらみなんです」

さまざまないきさつや世の中の理不尽の中で、自分は虐げられたという思いが生まれる。その思いは出口を求めて家族への暴力や無意味な散財、後先を考えない異性関係などに向かう。それがまた、新たなうらみつらみを生む。

それを聞いて口を開きかけた譲を遮って、堀田は自嘲気味に言った。

「いや、もちろんわかっています。そういううらみつらみの類の引き取り先となって、それぞれの教えにかなう望ましい出口を一緒に見つけていくのが、ウチに限らずそれぞれの宗教、それぞれの聖職者の役目だと。それはあたりまえすぎるぐらいあたりまえの話でね。でも、引き取り先のキャパシティとか耐用年数も無限ではないんじゃないかな、というようなことを、最近は思い始めていてね。これ、私が口にしちゃいけないことなんだろうけれど」

その、どこかあきらめたような堀田の表情の向こう側に、かつて懸命に駆けずり回って生徒たちの演奏会場を探し、生徒たちとともに涙した若き事務員の顔を見つけるのは難しい。譲が何か返すべき言葉はないだろうかと思案しているあいだに、堀田は自分のほうから手早く話を締めくくってしまった。

「とにかく飯島さんのお話は承りました。現状を心配されていることもよく理解していますし、保護者会としてのお立場もわかります。それと、これまでの御尽力については社交辞令じゃなく、本当に感謝しています」

結局、話は平行線のまま終わった。

しばらくして、ヤマンバが出現しなくなったと春香や吉見校長から聞いた。大野先生への嫌がらせもどうやら沙汰やみのようだと、これは本人から聞いた。

なんだかんだ言いながら、堀田はわかってくれた。そう思いたかった。

だが、譲の胸の中では不協和音がそのまま固まって小骨のように引っかかっている。

あの日、力なく笑いながら譲の土下座など無意味だと語り、自分の力の限界を口にした堀田は、別れ際にぽろりとこぼしたのだ。

「この先も、長く続けばまたいつかもめるんでしょうね、この学校」

平成三〇年の三月半ば。春香が少しだけ若い「日本のおじいさん」から卒業証書を手渡されてから一〇日あまりしか経っていない土曜日の午前、その吉見校長から譲の自宅に電話があった。

「僕も春香ちゃんたちと一緒に卒業みたいだよ」

開口一番の言葉は譲にとって不意打ちだった。

「『卒業』って、お辞めになるんですか?」

赴任してまだ二年あまり。いつも元気そうに見える吉見校長だが、公立高校で勤めあげてからの赴任、要は定年退職後の再就職だから「おじいさん」には違いない。体調を崩したのだろうか。

「いや、お辞めになりたくはなかったんだけど、辞めさせられるみたいだよ」

吉見先生が辞めさせられる?

絶句したまま説明を待つ譲に答えて、電話の向こうで吉見校長が言った。

「理事会が生徒の募集を停止するって決めたもんだから、こういうことになっちゃった」

せいとのぼしゅうをていし。

吉見校長が口にした言葉が、頭の中ですぐには意味を結ばなかった。停止しかけたのは、譲の思考のほうだ。この春に入学してくる新入生たちが、岡田音楽院高校の最後の新入生になるのだと、吉見校長が力のない声で説明した。

「そんな。じゃあ、あと……」

「あと三年で音楽院高校がなくなるわけ」

言葉少なに返事する吉見校長の声は、本物のおじいさん、お年寄りの声そのものだった。

「どうして……」

矢継ぎ早に質問を浴びせそうな譲を電話の向こうで制した吉見校長は、「学校の外で会えない？」と意気消沈した声で言った。

「本当は人に会う気分じゃないんだけど、飯島さんには経緯も話しておきたいし」

譲はすぐにヤノケンにお店の予約を頼んだ。ワケありで、もしかしたら本当にコーヒーだけで長居することになるかもしれない、という断りを入れて。

二時間後、白いクロスをかけたテーブルの上で、二つのコーヒーカップから湯気が立ち上っていた。

「春香ちゃんたちをこの手で卒業させられたのが、せめてものなぐさめだなあ」

「どうして募集停止なんてことになったんですか？　それに、どうしてすぐに先生がお辞めにならないといけないんですか？」

うーん、と言いながら背もたれによりかかった吉見校長は、窓の向こうに広がる岡田市の遠景に目をやった。やっぱり、もう若くはない本当のおじいさんだ。

「まるでクーデターだったよ」

数日前の土曜日、理事会が開催された。

その冒頭で、堀田理事長から予定の議題にはなかった緊急の動議が出された。

「それが、生徒募集の停止っていう動議だったわけ」

動議の理由は、入学者数の減少に伴う経営難だった。

岡田音楽院高校への志願者数は過去一〇年間にわたって減り続け、今年は一学年定員五〇名のところ三〇名弱しか入学者を集められなかった。生徒総数は定員一五〇人に対して一〇六人にまで落ち込み、このままだと採算割れは確実だし、国や自治体からの助成金受給資格も失う。経営をこのまま続ければ学校法人は巨額の累積赤字を抱えることになる。

「でも、それは前から話し合ってきたことじゃないですか」

あのヤマンバ事件前後から、理事会では音楽院の経営状態についての議論が繰り返されていた。志願者数の減少傾向が続き、経営は厳しさを増している。厳しい数字が相次いで報告され、理事のあいだでは経営改善の方法や経営権を他の法人に売却する「身売り」の是非が繰り返し話題に上った。

「先生だっていろんなアイディアを出されたし、僕もお手伝いしましたよね。ああいう提案、理事会は検討されたんですか?」

吉見校長は、赤字要因のひとつである寮を土地ごと売却することを提案していた。学校に隣接する土地には遠隔地から来ている生徒のための寮があるのだが、寮生の数も減った。土地や建物の税金や維持費、寮母さんの人件費などがかさみ、寮は一大赤字要因だった。それならいっそまるごと売却し、寮生には学校が借り上げた近隣のアパートで生活してもらう。高齢で退職が間近い寮母さんにとっては潮時だし、安い代用のアパートさえ見つかれば、相当の赤字が解消されるはずだ。

「猫の行き先まで考えたよ、僕は」

数年前に「入寮」した猫がいる。当時の寮生が、道端でケガをしている子猫を見つけて寮に持ち帰った。他の寮生が入れ替わり立ち代わりでエサをやったのだが、誰よりも一番よく面倒を見たのは寮母さんだった。こんなものを拾ってきてと文句を言っていたのが、いまはすっかり寮母さんの飼い猫だ。校長は寮母さんにかけ合って、いつか寮が閉鎖された時には寮母さんがこの猫を引き取る約束まで取り付けていた。

譲は譲で吉見校長から相談を受け、入学者数を増やすためのPR活動についてちょっとした知恵を出した。専科の先生やＯＢ、場合によっては在校生徒が市内の中学校を訪問し、そこで出張演奏を披露したり中学生たちの音楽についての質問に答えたりする。生演奏を聞いたり言葉を交わしたりという経験は顔の見えない情報よりずっとインパクトがあるから、音楽を学んでみたいという子を掘り起こすＰＲになるのではないか。音楽のプロを目指すような人でなくても、音楽を学ぶ三年間には意味があるかもしれない。そんな風に感じてくれる親子が一組でも二組でも現れてくれれば、推薦入試との組み合わせで入学者をいくらか増やせるはずだ。

そしてもう一つ。このアイディアは、数十年前の貧しかった音楽院高校の生徒や教職員たちが繰り返した出張演奏をお手本にしている。堀田をはじめとする理事たちは、この提案からそのことに気づいてくれないだろうか、思い出してくれないだろうか。そんな淡い期待も込めての提案だった。

「うん、僕が不動産屋からかき集めた資料は理事たちにも見せたし、飯島さんのアイディアも提案したよ。理事たちの反応も案外よくて、『身売り』先探しと出張ＰＲの具体化を並行して議論しようっていう流れだったの、先月までは」

つまり学校ごと「身売り」する話はあっても、「生徒募集の停止」など誰も口にしていなかったのだ。

「それがいきなり動議として出てきたのはなぜです?」

尋ねる譲に、吉見校長は首をかしげたまま、またうーんとうなった。

「それが僕にもよくわからないんだ。だからクーデター」

突然の動議に、吉見校長はもちろん猛反対した。音楽院高校の歴史、この岡田市の音楽文化活動の中で果たしてきた役割、そして、綺羅、星の如く輩出してきた卒業生の活躍。本当なら、あの堀田理事長にこそ力説してほしい話ばかりだ。

「それとね、僕が言ったのは、一等星じゃない六等星、七等星みたいな子たちにとっても、この音楽院高校が救いなんだってこと」

「これ、僕の持論だから」と言ったとき、吉見校長はこの日はじめて、少しだけ若い「日本のおじいさん」の顔に戻った。

「春香ちゃんもピアノ科だったから、あの御崎麻衣さんの『伝説』って聞いてるでしょ?」

「授業中に絵を描いたっていう、あの話ですね」

「うん。あれも尊いと思うんだよ。絵を取り上げて叱るんじゃなくて、パンフの表紙描いてよって言える先生。先生がそういうこと言えちゃう学校だからこそ、型にはめにくい才能が大成した。でも、そのおおらかさは『世界の御崎』にとってだけ救いだったわけじゃないと思う。万事が右向け右で進んでいく他の学校でやっていけないような子にとっても、そういう空気が救いになってきたはずなの。その空気を生み出せるのが、音楽の磁力みたいなもんなの」
　はい。
　黙ってうなずきながら、譲は削られずに残されたバイオリンの線刻を思い出してい
た。そしてその線刻のことを真っ先に吉見校長に教えた、寡黙なリコーダー奏者の卵
のことも。
「それで、理事さんたちは何と？　理事長はどう言ってました？」
「本当に真剣に聞いてくれたよ。ただまじめというだけじゃなくて、なんか遠いとこ
ろを見ているような目で考えている風でもあったな。『私たちもそういうことを励み
にして何十年もやってきたつもりです』って。だけど、最後の最後にぼそっとね、『で
も、ほとほと疲れましたよ』って言い始めちゃってさ」
　資金繰りに苦労しながら生徒を集めても、今は学校に期待するものがそれぞれの生
徒や保護者によって違いすぎる。高校生のうちから音楽の専門教育を受けられるとい
う伝統の一枚看板が、今ではスクールアイデンティティとして前面に押し出せずにい
る。この時代にあって、人生の若い時期に音楽の一点で集うことの意味、音楽を要に
する学校を経営する意味。それがもう自分たちには見えなくなった。
「コレがいいですと言われて試してみればもめ事が起き、アレにすべきだと諭されて
やればトラブルが起きる。挙句の果てに、本業までもが傷を負う。そんなこんなで、

ほとほと疲れ果てた。そんな感じのことを言われてたな。まあ、その苦しさは僕にもわかるから、それを責めることまではできなかった」

「他の方は何も発言されなかったんですか？」

「一人だけ発言したよ。これが本当のクーデター」

「どなたですか？」

「ヤマンバ」

吉見校長も、もう「山本先生」とは呼ばなかった。

ヤマンバは同窓会長だから、一票の議決権を持つ理事でもある。それが今回の理事会に同席していたのだ。

「学校がなくなれば同窓生たちは帰ってくるところ、集うべき窓がなくなるわけじゃない？　だからヤマンバは例の調子で、僕なんかよりももっと過激に反対するかと思ったの」

「反対しなかったんですか？」

「『動議に賛成です』って。『同窓会としては感傷よりも現実を見なければならないと思います』だってさ」

結局、そのまま多数決になった。理事長からの根回しが済んでいたのかもしれない。

真っ先に動議に賛成したヤマンバの他、理事のほとんどがためらいがちにではあるけれども賛成。反対したのは吉見治校長ただ一人だった。

「それで決まり。三年後に音楽院高校はなくなる」

譲は腰から力が抜けていくのを感じた。

壊れるときは、こんなにもあっけなく壊れるものなのだろうか。

「そうなると、大勢に逆らって学校存続を最後まで訴えた僕をこのまま校長にしておけないってことなんだろうね、今月末でお役御免だそうです。ま、クビですな」

吉見校長の口振りは、半ばやけくそという感じだった。

もう湯気が立たなくなったコーヒーカップに手を伸ばし、ひと口ごくりと飲んだ吉見校長は思い出したように「もっとすごいのはね」と付け足した。

「僕の後任の校長。募集停止してから学校がなくなるまでの最後の校長」

「もう、そんなことまで決まってるんですか」

「ヤマンバだって」

そう言ってから無理に笑った校長の顔はひきつっていた。学校を潰すことに真っ先に賛成した人物が校長に。それはクーデターというより悪い冗談だった。

ヤマンバに特別な教育の実績や手腕があるわけではないどころか、むしろ逆だ。それが「校長」の肩書を手に入れたのは、募集停止に賛成したことへの一種の対価だろう。幕引きを担うだけの校長でも、次の就職のための履歴書の最終職歴には「岡田音楽院高等学校校長」と書ける。理事会としても、廃校に向かう学校の校長を新たに探すのは容易ではないから、手間が省けると考えたのかもしれない。

音楽院のもめ事を知ってからというもの、譲はいつも「感情に任せて相手を攻撃すればかえってよくない結果を招く」と言い続けてきた。仕事で身についた思考回路のせいもあれば、若い頃からの性格のせいもあるだろう。相手をののしるようなまねができないのが自分の長所でもあり、時にはもしかしたら物足りなさかもしれない。

そう思い込んでいた。でも、いま自分の中にこだましているのは、ファックスでの嫌がらせに激怒したときに堀田が口にしたセリフだ。

「あまりに卑怯だ、卑劣だ、下品だ、野蛮だ」

12　手紙　ホ短調 op.11

文化の日の翌日の一一月四日、家族が寝静まった夜、譲が食卓でノートパソコンを叩きはじめてから二時間ほどになる。明日は朝早くから仕事が詰まっているが、思いが色あせないうちに書いてしまいたい。そう思って書きはじめたのは、三月末にあの「クーデター」で音楽院高校を退職した吉見先生宛の手紙だった。

手紙の宛先はカンボジアの首都プノンペン。少し若い「日本のおじいさん」がカンボジアに渡り、同国の教員志望の学生たちに音楽教育のノウハウを教えることになったと知ったのは六月のことだった。カンボジアではかつて長く続いた内戦で多くの音楽家や教員の命が失われ、その後遺症で音楽教育はいまも立ち遅れたままだ。その再建を支援しようと、あるＮＰＯが現地の音楽指導者を育てるためのボランティアを募集していた。求める人材は経験豊富な音楽教育者。〈それに応募してカンボジアまで来てしまいました〉という手紙を六月に受け取ったとき、お得意の冗談かと思った。六四歳の高齢でありながら、言葉も気候も食べ物も違う異国での生活。何より心配なのは健康だったが、その便りに添えられた写真には、日本から寄贈された教育用リコーダーを持つ若者たちに囲まれた先生の笑顔があった。音楽教育を志す現地の学生たちの輪の真ん中で笑う「日本のおじいさん」は、日に焼けたせいかずいぶん若返って見えた。つい最近も、カンボジアの民族楽器の写真絵葉書が送られてきたばかりだ。

拝啓

日本ではすっかり秋の深まりを感じる今日この頃ですが、先生は相変わらず暑い日々をお過ごしのことと思います。夏バテを案じておりましたところ、先日はきれいな絵葉書をありがとうございました。夏バテどころか、カンボジアの民族楽器の特訓中とのこと。音楽教育の方法を伝授するだけでなく、ご自身が現地の伝統音楽を学びはじめたとうかがい、さすがは好奇心旺盛な吉見先生だと、私も娘も感心しながら拝読しました。

さて、今日こうして絵葉書へのお返事を兼ねてお便りしようと思ったのは、つい昨日、一一月三日の文化の日に私たちが開催した『街に音楽文化の灯火を』と題するフォーラムのことを先生にご報告したいと思ったからです。

このフォーラムの開催に向けて準備を始めた頃、私が誰よりもお招きしたいと思ったのが吉見先生でした。けれども先生がカンボジアに渡られたと知り、残念ながらご参加いただけないことがわかりました。そこで、これまでご報告していなかった開催の経緯やちょっとした楽屋話を交えながら、フォーラムのこと、いまの私の思いのようなものを先生にお伝えできればとパソコンを叩いております。

私たちが「岡田音楽院高校復活プロジェクト」という小さなグループを立ち上げ、フォーラムの開催準備を始めたのは半年前の六月ですから、先生がカンボジアに渡られた頃です。それはまた、私が保護者会会長を退任した直後、そして音楽院の生徒募集停止が新聞報道されてからひと月も経たない時期のことでした。


吉見先生が音楽院高校を去り、さらに自分自身が保護者会会長を退任して間もない五月末、譲は和美や春香と一緒に大野先生を食事に招いた。「ピアノはじめました―」で入学した子を三年間も辛抱強く指導してもらったことへのささやかなお礼だ。音大に進んだ春香と久しぶりに顔を合わせた大野先生の口からは、音楽院で教えていた頃の思い出話や、先生がよく知る音大教授にまつわる裏話などが次々に転がり出て楽しい会食になった。

だが、十分すぎるほど楽しいその会席では、あらかじめ約束したかのように生徒募集停止の一件には大野先生も譲たち夫婦も、そして春香さえ、ひと言も触れなかった。食卓の真ん中に、手出しを禁じられた空っぽの大皿が置かれているみたいだった。

本当はそれこそが、いま一番に話さなければならないことなのに。

その思いは、譲も大野先生も同じだった。お開きになっての帰り際、大野先生から「音楽院のことで少しお話がしたいんだけど」と言われた譲は二つ返事で答えた。

「ですよね、僕もですよ」

駅までの見送りがてら、おなじみの「ウイ・ラウンジ」に入って二人分のコーヒーを頼んだ。コーヒーを待つあいだ、先に口を開いたのは大野先生のほうだった。

「最近、『音楽院って誰のものなんでしょう』って言われたのよね」

「どなたに、ですか?」

「昔の卒業生のお父さん、そして、未来の新入生になるはずだった子のお父さん」

数年前の卒業生の父親が、先生のレッスンの空き時間に訪ねてきた。その卒業生には中学生の妹がいて、兄以上に熱心にピアノを弾き続けている。自分も岡田音楽院高校へ。二年生になってそう決めてからますます練習に熱が入り始めた頃、音楽院の募集停止が報じられた。

「で、ダメ元で『志望者はちゃんといます』って訴えにいらしたの。学校にもそういう内容のメールを送ったらしいけどね」

「大野先生からも学校の上のほうに伝えてくれっていうことですね」

親子で真剣に考えていた志望校が突然姿を消そうとしているのだから、その父親の必死の思いはよくわかる。

「そうなの。で、そのお父さんが言うのよ。『募集停止を決めた人たちは、これからも中部地方で育つ子の中には音楽を目指す子がいるってこと、少しでも考えたんでしょうか』って」

音楽院高校は中部地方で唯一の音楽単科高校だ。それがなくなれば、あの「マイちゃん」のような子がこの地方に現れても、もう手を差し伸べる学校はない。

「それで本当にいいのか、音楽院の人間だけで決めていい話なんですかって」

では、誰が決める話なのだろう。そう思ったとき、古い記録映画の一場面のような光景が譲の脳裏に浮かんだ。譲が実際に見た光景ではなかった。

焼け跡のバラックに囲まれたおんぼろの教会、次々にやってくる近所の人々、机椅子を片付けた床の最前列にペタンと座るもんぺ姿の老婆。その前に進み出て並び立つ、復員したばかりのバイオリン奏者と疎開先から戻ったアルト歌手……。

「僕ら親子にとっての音楽院高校は元から存在していた器で、僕らはその器に入れてもらっただけでした。でも、その音楽院も、ある日夜が明けたら自然に生えていたわけじゃないんだっていうことを、あの堀田さんから教わったことがあるんです」

岡田大空襲から一年後の夜、教会で開かれた小さな宝石のような音楽会。そこから音楽院高校が生まれ、岡田市平和音楽祭が生まれた。たちまち見舞われた財政難の中、出張演奏に精を出した生徒たちと職員。市民合唱団や市民オペラとの交流の歴史。

「音楽院の誕生のときも、ピンチに見舞われたときも、そのときどきの職員や生徒は音楽を通じてみんなに語りかけていたんです。『まずは、とにかく聴いてみてくれ』って。そうやって音楽院は生まれて、生き延びて、そのおかげで世界のマイちゃんみたいな子もウチの春香みたいな子も育った」

音楽院は誕生したそのときから、音楽院関係者だけのものではなかったのだ。

大野先生が、うん、と大きくうなずいた。

「若い頃に自分も何度かリサイタルを開かせてもらったけど、そのときもやっぱり、この場が自分のものだけでないっていう感じ、あったのよね。『共にある』っていうような空気」

「アレですね、たまたま居合わせて、素敵な流れ星を見ちゃった者同士の」

「そう、アレ。あの感じ」

「その感じ、僕としては、これからもたくさんの人に味わってほしいです。どこかのコンサートを聴きに出かけるっていうだけでなく、奏者や歌い手として音楽に取り組んでみる時間や場があるんだから、いや、少なくともこれまではあったんだから」

「その場を消えるに任せていいのかって思ってるのは私ばかりじゃなくて、職員室の先生方の中にも保護者の中にも、けっこういるんだけど」

前の週、大野先生は生徒募集停止を聞いて不安がる専科の保護者たちに、集まって考えを出し合いましょうと呼びかけてみた。だが、現役の保護者の口から出るのは、宙に浮かぶようなアイディアばかりだった。ある保護者がソ○トバンク社のS社長のように資金力のある人に音楽院を買ってもらってはどうかと言えば、いいねと盛り上がるが、S社長にコネでもあるのかと誰かが尋ねたとたん話は蒸発する。

「私としては、未来のマイちゃんのためにも必要じゃないかとか、なくなったら岡田市の音楽活動全体がどうなるのかとか、そういうことから考えてほしかったのに、救世主が舞い降りてくるような目先のアイディアばっかり」

「『そんな弾き方をして、曲はこの先できちんと主題に戻れますか、クライマックスにたどり着きますか？』って、言ってやりたい気分でしょう？」

「あなた、うまいこと言うようになったわね」

ひとしきり笑ったあと、大野先生は再び真顔になった。

「こういう『場』がなくならないほうがいいっていうことは、みんな何となく思っているのよ。でも、なくなっちゃうことの意味を考えられる人、少ないのよ」

「その意味って、言葉だけじゃつかみにくい、言いにくい、伝えにくいですよね。だから昔の音楽院の先生や生徒たちも、『まずは、とにかく聴いてみてくれ』、だったんじゃないでしょうか」

「初めてうかがった話だけど、おおもとの始まりは焼け跡のコンサートだったのよね。

そういうものが、たぶん今も必要というか、私なんかも忘れかけてたというか」

「いいですよね、焼け跡のコンサート。本当の焼け跡は二度とできてはいけないんですが、いま、音楽院はいろいろあったあとの焼け跡とも言えるわけで」

「やりたいわね、焼け跡のコンサート」

「本当にやりましょうか、焼け跡のコンサート」

主題を奏でる大野先生の弾き具合がずいぶん変わったのに励まされるような気がして、譲はしゃべりながら胸に浮かんだ思いつきを口にした。

「在校生やその親もOBたちも、音楽院関係者も外部の人も、一緒になって音楽院がなくなることの意味を考えてもらうような場を作れませんかね」

「講演会みたいなもの？」

「ええ、前半はフォーラムとかシンポジウムみたいな。でも、言葉だけでなくて音楽にも耳を傾けてもらいながら、音楽院の復活の道を探る集まりです」

こうして「岡田音楽院高校復活プロジェクト」が生まれた。名前は立派だが、呼びかけ人は譲と大野先生、それに音楽院高校を受験するはずだった女の子の父親である中尾匡さん。たった三人で動きはじめたプロジェクトは、雪だるまのように少しずつ助っ人の輪を大きくしながら『街に音楽文化の灯火を』というフォーラムの開催をめざすことになった。

準備を始めてから間もなくして譲が訪ねたのは、つい二年前まで三期連続で市長を務めた神田敏忠だった。類をみない空襲被害の経験を持つ都市の首長として市民の平和的生存権というものを強く発信し続けてきた前市長は、市民の文化活動を積極的に支援してきたことでも知られる。バロック音楽の熱心なファンとしても有名で、おまけに妹さんは昔の音楽院高校の卒業生だ。その縁をたどり、フォーラムのパネルディスカッションに登壇してもらえないかと、譲は前市長をいまの勤務先である大学に訪ねた。

「わかりました。他のパネリストの方とは市長時代から面識もあるし、いいパネルディスカッションにしましょう」

過去を振り返っても未来を考えても、音楽院高校は音楽院関係者だけのものではない。譲のその言葉に前市長は心を動かしてくれた。

「僕もそうなんだけど、音楽が好きな人はそれを支援してもらうのは当然だと、つい考えてしまう。でも、『音楽なんか興味ない』という人の税金も使わせてもらわない限り、文化ホールひとつ維持できないんです。本気で維持したければ、考え方や趣味も違う相手に、『あなたの税金も使わせてください』と説得しなければいけない。その説得のプロセスが本来の政治です。そのことを在任中、嫌というほど勉強しました」

説得するには違いを認める寛容性と、それでも相手とつながる道を見つけようとする姿勢がなければならない。いいホールがあれば集客力のあるアーティストの公演が増え、街が潤うかもしれない。そう考えたとき、経済という文脈で手をつなげる相手が見つかる。文化活動が活発なら高齢者の社会参加の場が増え、老化や孤立の防止に役立つ。こうしてたどっていくと、福祉という回路で応援してもらえる相手に出会える。

「そのつながりの結び目のひとつひとつが文化だと思うんですよ。あの平和音楽祭ひとつとっても、器楽あり歌唱あり、クラシックもあればジャズもある。お互いがリスペクトして譲り合わなけりゃ開催できない。そうやって場を作っていると、元は見知らぬ人たちの間に、一緒に居合わせてるんだからっていう感覚が生まれていく」

「『共にある』っていうような感じですね」

大野先生とのおしゃべりの中で何度か出てきた、流れ星に居合わせた者同士の話をすると、神田は相好を崩してうちとけた口調になった。

「『いまの見ました?』『あ、僕も見ました!』ってね。音楽を演奏するのでも聴くのでも、似たような感じ、隣の人と同じ目の高さで言葉を交わせるような感覚が生まれる。それが僕の専門から言えば、市民感覚ってものの大事な要素なの。音楽院やミカエル音大みたいな学校はプロ志望者の育成だけじゃなくて、そういうマインドを持つ市民を育てる場でもあるんじゃない？」

そのマインドを実感できる場に。こうしてパネルディスカッションのテーマは「市民にとっての音楽文化」になった。だからこのフォーラムには、音楽院高校が生徒募集停止に至った顚末の暴露や、そこでの悪者探しの類は一切必要ない。「オレが正しい、アイツが悪い」を超えたところに行かなければ開催の意味がなくなる。音楽文化や音楽教育の意味を考えてもらう「焼け跡のコンサート」。それがいまの自分たちにできる最善の演奏だと、譲は思った。

譲がパネリストたちとの連絡調整に当たるあいだ、大野先生はOBたちに宛てた手紙を書くのにおおわらわだった。ウィーン在住のマイちゃんやニューヨークに拠点を移したヨウジくんをはじめ、各地でプロとして活動しているOBから音楽大学で実績を積んでいる最中の若手まで。思いつく限りの五〇人ほどにフォーラムへの参加を呼びかけた。海外を飛び回るプロに直接参加を求めるのは難しいから、マイちゃんやヨウジくんにはビデオメッセージの形での参加を求めた。パソコンが苦手な大野先生の手紙をメールにして送信してくれたのは、口数は少ないがしっかり者の荒川さんだ。

OB保護者でもあり中学生の親でもある中尾さんには高岡を引き合わせ、二人には口コミやメールで吹奏楽部や音楽教室に所属する中学生やその親、OBの保護者たちにフォーラム開催を伝えてもらった。メディア関係に強いヤノケンには番組制作プロダクションを通じて司会役のアナウンサーを手配してもらい、寄せられたビデオメッセージの編集もそのプロダクションに任せた。

少ない人数で仕事の合間に手弁当で奔走して三か月ほど経った九月半ば、フォーラムの骨格ができた。

〈日時：一一月三日（土）一三時三〇分～一六時。場所：岡田市オーケストラ・スタジオ〉

オーケストラやオペラ、ミュージカルの練習場として使われる体育館ほどのスタジオを奇跡的に確保できた。二〇〇人ほどが収容できる会場にどれほどの人が集まってくれるか。それは当日まで読めなかった。

宣伝らしい宣伝は口コミや知人関係へのメールなどを別にすれば、三週間ほど前に地元紙に載ったフォーラムの紹介記事ぐらいでしたから、予備の椅子を出すほどの満席になったのはいまでも奇跡に近いことに思えます。

開会に先立って、場内の照明を落とした中で参加OBの一人にピアノ曲「アヴェ・マリア」を演奏してもらいました。七月の集中豪雨による大水害の犠牲者の冥福を祈る、黙禱に代えての演奏です。偶然ではあるのですが、ここでも始まりは市民の祈りの音楽でした。

当日はハプニングの連続でした。ジャズピアニストとして活躍する深沢耀司さんのビデオメッセージがメールで届いたのは当日午前のことです。もう来ないのではないかとあきらめかけていましたが、ダウンロードしたデータを私が大急ぎでプロダクションに持参し、どうにか編集を間に合わせてもらいました。

深沢さんはいま、東京でアメリカのミュージシャンと一緒に連日のコンサートの最中。その合間を縫って収録されたメッセージ動画の中で、彼はコンサート会場になっている有名なジャズクラブのピアノを使って演奏を披露してくれました。ジャズタッチで軽快に、でも、ところどころに哀愁を帯びた余韻を残しながらフレーズを先へ先へと絡ませていく。その曲が、「岡田音楽院高校・校歌」であることに私が気づいたのは、曲が半ばを過ぎた頃でした。演奏後、彼がカメラに語りかけます。

「岡田市の音楽シーンを盛り上げるためにも、何とか仲間たちと一緒に母校再生の道を探りたい。僕も会場の皆さんと協力したい。その思いを込めて、音楽院の校歌を自分の愛するジャズで弾いてみました」

このときになって、いま聴いたのは校歌だったのかと、驚いた人も多かったはずです。その驚きの感覚が、ジャンルを超えて奏でられる母校への思いの深さとなって参加者の胸に響いたはずです。

さて、寄せられたいくつかのビデオメッセージをどんな順番で並べるのか。その編集の妙というものを感じたのが、次に紹介されたメッセージでした。それは深沢さんと在学中に良きライバルだったという、あの御崎麻衣さんからのメッセージだったのです。

ウィーンのアパート自室に置かれたグランドピアノ。その前で御崎さんはカメラの前に乗り出すようにしながら、音楽を志す人にとって、高校の時期を温かな環境のもとで過ごすこと、そして良き仲間たちとめぐりあうことが何よりも大切だ、と語ってくれました。育ててくれた恩師、競い合い励まし合った仲間たち、そしていまもピアノの上に置かれているのは同級生たちと教室で写した写真。さらに、自分にとってそのような温かな場であった音楽院の生徒募集停止の知らせがとても悲しい、とも。

「何とかして再生の道が見つけられないでしょうか」

そう語った彼女は、これから自分の思いをピアノに託して演奏してみたいと口にしました。

「世界の御崎麻衣」は何を弾くのだろう。固唾をのんでスクリーンに見入るフォーラム参加者に向かって彼女がその曲目を口にしたとき、会場の空気が「ほう!」という、音にならない歓声を上げた気がしました。「これほど美しい前奏を持つ曲はなかなかないと思います」。そう言って彼女が口にした曲の名は、これも「岡田音楽院高校・校歌」だったのです。

かたやジャズ界で注目されるアーティストの深沢さん、かたやクラシック界で世界に羽ばたいた御崎さん。在学中から自他ともに認めるライバルだった両雄が世界で活躍するほどに大成したいま、ともにフォーラムに寄せてくれた音楽のメッセージが、期せずして同じ曲、もちろん先生も何度となく歌われ演奏もされたであろう校歌だったのです。

情感を込めてスローテンポで演奏を始めた御崎さんの姿は、まるで、その美しさで知られるリュウグウノツカイという魚が深海をゆったりと舞うかのようでした。さもなければ羽衣を身にまとった天女。それが鍵盤の上で泳ぐように舞いはじめ、音楽院高校での温かな時間への追憶がそのまま音になって宙に解き放たれていきます。

母校への思いがスクリーンからあふれてフォーラム会場にゆったりと流れ、続く主題が清流のせせらぎのように参加者の胸に注ぎ込まれたあと、曲の趣が一転してあの「真理と調和の道求め、我ら歩まん」のくだりにさしかかります。泳ぐように舞っていた天女がみなぎらせる鋼の意志。道を踏みしめて歩くような荘重な響きが会場内の空気をわしづかみにするのを感じた瞬間、手足に鳥肌が立ち、目から涙があふれ出ていました。それは「音楽」というものの力を心から感じた瞬間でした。

パネルディスカッションでは、文化というものが持つ寛容性の重要性を指摘された神田前市長を皮切りに、岡田大学の元学長・榊原紀夫先生、ミカエル音楽大学学長・谷原峰康先生、尾野文化大学学芸学部長・鴻巣邦弘先生という、県や市の大学音楽教育の重鎮たちからお話をうかがいました。そのすべてをここでは書ききれませんが、私が印象的だったのは、プロの音楽家を目指して音楽大学を目指す若者はたしかに少子化や趣味の多様化に伴って減っているけれども、働きながら音楽を楽しむ市民の活動がこれほど活発な市や県は他にないということ。そして、そのような活動に取り組んだり支えたりする人を育てる場としての音楽高校や音楽大学の役割は少しも色あせていないということでした。

このパネルディスカッションのあと、はからずもフォーラム会場で私はそのことを実感しました。冷や汗もの、赤面もののハプニングを通して。


午前中、開会前のスタッフと登壇者の打ち合わせが行われた会場前の廊下でもめた。もめたのは譲と春香。人前で親子喧嘩が始まる一歩手前だった。

「一〇分でいいから」

譲に向かって春香が拝むような仕草をする。

「お前、簡単に『一〇分』なんて言うけど、時間ぎりぎりなんだよ。今朝になってそんなことを言い出しても無理なの、わかるだろう。もう大学生だよ、お前は」

フォーラムの最後に「今春の卒業生有志にも飛び入りで演奏させて」と春香が言いだしたのは今朝だ。どうやらミオちゃんやヨッちゃんたち何人かが、楽器持参で集まる話になっているらしい。そういえば夏休み頃から、春香はミオちゃんやヨッちゃんと会うのだと言ってはよく出かけていた。それ以外の日もこまめに音大のレッスン室に通い、帰りが夜八時を回ることもあった。てっきり音大のレッスン課題の自主練習と思い込んでいたが、あれはこの日に向けての秘密練習だったのかもしれない。でも、今日になって言い出されても手遅れだ。頭の中にちらつく黄色やオレンジや淡いグリーンが、今朝ばかりはのんきに揺れる風船のかたまりか何かに思えた。

その場で「ああ、ムリムリ」と鼻先であしらったのに、春香はスタッフミーティングにまでくっついてきた。娘がこの場にまで乗り込んでくること自体、他のスタッフや登壇者の前で面目丸つぶれのハプニングだ。開会前の緊張もあって譲はいらだった。

フォーラムではパネルディスカッションのあとに「ＯＢコンサート」という時間を設けていた。参加してくれるのは各音大に進んだあと、さまざまなコンクールで実績をあげ、これからプロデビューを目指す春香の先輩たちだ。本業が忙しい中、ＯＢたちは連絡を取り合いながら選曲し、登場順を打ち合わせてくれた。準プロの先輩たちがそこまで手間暇かけて準備してくれたのに、ポッと出の今春卒業生が「トリ」。どう見ても身の程知らずだ。

「私たちのことだったら、いいと思いますよ。やらせてあげられないいんですか？」

「ね？」と他のＯＢに同意を求めながら声をかけてくれたのは、本来のプログラムでトリを務めることになっていた浅井詩織さんだった。春香たちの二年先輩で、音楽院二年生のときに全国バイオリンコンクールの高校部門で優勝。卒業後は東京の桐山音楽大学に進み、この六月に同じコンクールの大学部門で優勝している。同一人物が同じコンクールの高校と大学の両部門で優勝するのは一五年ぶりの快挙だと聞いた。

「私、二曲準備してきましたけど、一曲落としますから」

いや、だめ、だめ。慌てた譲が、手と首を同時に横に振った。後輩思いはありがたいのだが、親であればなおのこと飛び入りなど許すわけにはいかない。だいいち最後の最後に「並」の腕前の合奏を聞かせたのでは、参加者のフォーラムへの印象もぼやけてしまうではないか。

「それなら飯島さん」

成り行きを見ていた高岡が口を出した。この日の高岡は、会場内の椅子やテーブルの出し入れや参加者の誘導を担当する会場整理のチーフだ。

「閉会して皆さんぞろぞろ引き上げるでしょ。そのときバックで音楽が流れるっていう設定ならどう？　並行してウチらが片付けにかかれば、時間内に収まりますよ」

牧師さんまでもが子どもたちの暴走を焚きつけるようなことを言う。狼狽した譲に、横からあがった声が追い打ちをかけた。

「私もそう思います」

これまで何度となく譲の援護射撃をしてくれたしっかり者、荒川さんのひと言。それがとどめだった。

浅井詩織さんが演奏を一曲に絞って時間にゆとりを持たせ、閉会後に今春卒業生がすぐにステージに上がって閉会した会場のバックグラウンドで演奏する。段取りはばたばたと決まった。喧嘩腰の話し合いに二〇分。春香が音楽院高校に入学してから三年にわたってさまざまなもめ事を経験した譲だが、この二〇分ほど赤面したり冷や汗をかいたりした議論の場はなかった。

ＯＢたちの見事な演奏が一巡し、大野先生が閉会の辞を述べたあと、司会のアナウンサーが言った。

「出口が二つしかございませんので、恐れ入りますが押し合わずゆっくりとご退場ください。そのあいだに流れますのは、この春に岡田音楽院高校を卒業されたフレッシュOB有志による演奏です」

へえ、という声が場内に漏れてぱらぱらと拍手はあったが、参加者たちの大半は席を立っていた。そこに春香のピアノが流れる。その旋律は、つい先ほど深沢さんと御崎さんが「世界」のレベルで聴かせてくれた「岡田音楽院高校・校歌」の前奏だった。

ああ、また校歌か。

誰もがそう思ってステージも見ずに聞き流している。それみたことか、と、譲は半ば落胆してうつむき加減で立っていた。月並みな発想と人並みの演奏。だが、前奏が終わると、会場内のざわめいた空気を、甲高いけれども柔らかな音がまるで萌黄色の糸のように縫いはじめた。

え？

フルートより音量が小さくて素朴な音に、みんながステージのほうを向いた。前に立つのは細いフレームのメガネをかけ、長く伸ばした髪をきゅっと後ろで束ねた青年。赤褐色の美しい木管リコーダーを吹く三輪亮輔くんだった。耳になじんだ校歌の旋律が一巡すると、今度はその旋律が複雑なアルペジオに分散され、穏やかな音の粒が細かな階段をすばやく上下しながら波を作りはじめる。

リコーダーでこんな風に校歌を。

ざわついていた会場が、ちょっとした驚きと萌黄色の音を聞き逃すまいという静寂で張りつめていく。椅子片付けのガタガタという音が止まった。リコーダーが活躍することも多いバロック音楽のファンだという神田前市長が、ふーん、やるじゃないのという顔で一度は立ちかけた席に座り直し、一人、また一人と場内の参加者が座りはじめた。やがてアルペジオは転調され、奏でる楽器が変わる。最初はヨッちゃんのフルート。相変わらずあごまで伸びた髪をふわりと揺らしながら演奏している。そこに横合いから進み出て旋律を受けとった若者が、クラリネットを吹きはじめた。音楽院高校に在学していた頃のこの男子のことを、譲はほとんど知らない。けれどもその演奏する姿を見ているうちに、真夏の夕暮れどきの公園で、熱に浮かされたようにクラリネットを吹き続けたという少年の面影を見たような気がした。

不意に数拍分の空白が流れた。

終わったの？

会場の空気が緩む一歩手前のその瞬間、リコーダーがこれまでとは違うアルペジオをたどりはじめた。上下する波の頂点の音をたどって生まれる旋律は、どこかで聞いたことがあるような、ないような。そこにフルートが加わりクラリネットが加わりして旋律の骨格が見えはじめた頃、神田前市長が立ち上がった。続いて市民合唱団で長く活動してきた歌い手でもある岡田大学元学長の榊原先生も。二人は両手をおへそのまえで重ね、ちょっとかしこまった姿勢だ。

え、何？　どうして起立を？

初めのうち何が起きたのかわからなかった人々のあいだで、ああ、そうかと、一人、また一人と続いて立ち上がる人が出はじめた。

やがてアルペジオが収束して春香のピアノと一緒に主旋律が合奏されたとき、会場の誰もが再び胸の中で「あっ！」と、音にならない声を上げた。

あっ、この曲！

どこかで聞いたことがあるその曲は、「岡田市歌」だった。

市の式典や市立の学校の卒業式のとき、この歌は必ず歌われる。全国各市に市歌がある中で、これほど市民のあいだに定着してよく歌われる市歌も珍しいだろう。合唱団の経験が長い榊原先生がポケットからボールペンを取り出し、会場に向かって元気よく振りはじめた。気がつくと、閉会したはずのフォーラム会場は岡田市歌の大合唱の場になっていた。

はらはらしながら春香たちの飛び入り演奏を見守っていた譲の胸の内で、沸き起こった大合唱と、御崎麻衣さんが聴かせてくれたピアノの余韻とが溶け合って、ひとつの曲のように響く。胸を内側から抱きしめられた譲は、もう一度、確かめるようにステージの春香たちに目を向けた。

フォーラム参加者たちが総立ちになって歌う姿を前にして、演奏する若者たちのどの顔にも何粒かの宝石のようなものが光っていた。

演奏者のほうが聴衆の姿に涙しながら曲を奏でる姿。それは生まれて初めて目の当たりにする光景、けれども旅の出発駅に帰ってきたような、どこか懐かしい光景だった。


帰宅してから、娘にこんこんと説教したことは言うまでもありません。準備して臨んでくれた準プロたちの演奏のあと、予定外の奏者がまったく違う文脈で会場を盛り上げてしまったのですから、これはやっぱり失礼なことでした。

けれども、先生。いま私はこうも思っているのです。いつの日か、あの閉会時の会場の光景が出発点だったと、ここから新しい音楽の文化が芽生えたのだと言い切れるときが来るのではないか、と。

春香たちの演奏の技量そのものは「並」のものだったことでしょう。でも、私は夢想せずにはいられません。会場に来てくれた誰かがあの堀田さんに昨日のことを伝えたとき、堀田さんの胸に、焼けただれた市井に「音楽」というものが芽生えた一夜のことが、「いいものを聴かせてもらいました」という出張演奏への賛辞に大泣きした若き事務員当時のことが、よぎらないと言えるでしょうか。

いいえ、そうして音楽院が生徒募集を再開するなどという虫のいいことを思っているわけではありません。正直、音楽院がそのまま再生するのは難しいでしょう。私が言いたいのは、音楽というものが持っている力のことです。

以前、娘から「誰が悪かったのか」と問われたことがあります。これはいままでも答えられない問いです。率直な気持ちを口にするとすれば、誰も悪くなかったのだと答えるしかありません。誰もが学校をよくしたいという信念に基づいて行動した結果なのですから。

ただ、私はひとつの大切なことに気づいていませんでした。先生がカンボジアで音楽教育の手法を教えつつ、逆に相手から現地の伝統音楽を学ばれているように、音楽は人種や言葉の壁を越えて人を結びつけます。人は誰しも価値観の異なる相手とのあいだに心の壁を積み上げ、目の前から異質な者を排除したがるものです。でも、音楽にはその壁を溶かす力がある。私はいまではそう考えています。

岡田音楽院高校の中がもめたとき、ありあわせの知恵や経験で立ち回るのではなく、そうした音楽そのものの力を信じていれば異なる結果になったかもしれない。そのことに私はもっと早く気づくべきでした。

けれども、復活プロジェクトを立ち上げてフォーラムを開催したいま、遅きに失したけれども、まだ本当の手遅れではないという思いが私の中にはあります。

実は昨夜、一緒にプロジェクトに取り組んだ中尾さんに届いたメールが転送されてきました。中尾さんが少々強引にフォーラムに誘ってくれた、これも音楽好きの中学生の子を持つ親御さんからのメールです。

〈ウチの子は中尾さんのお嬢さんほどの才能はないので、好きなピアノの勉強がしたいと言う娘には「音楽の世界は甘いもんじゃないぞ」とわかったようなことを言い続けてきました。でも、今日のフォーラムで素晴らしい演奏とお話を聞き、最後に大合唱が自然に巻き起こるのを経験して、少し考えが変わりました。甘くはないけれども、深くて広い「温かさ」がある。それが音楽かもしれないですよね。いい集まりにお誘いいただいてありがとうございました。また何かあったらぜひお誘いください〉

このメールを読んだとき、今回のフォーラムは音楽文化や音楽教育の大切さを訴える種蒔きの役割は果たせたのを感じました。いつかこの親御さんのような方や春香たち若い世代の胸に宿った種が芽を吹き、新しい音楽の学び舎へと育つ日が来る。昨日の出来事は、その始まりだったのだと私は確信しています。

それに、先生。あの壁の中のバイオリンは「未完成」であることは、もちろん覚えていらっしゃいますね。春香たちが即席で弓をしつらえはしましたが、あのバイオリンは弦が張られていません。弦が張られていないバイオリンは、音楽と向き合う場があることの意味を、誰かが見つけてくれるのを待っているようにも思います。この先、意味を見つけた誰かに、弦を張ってもらわなくては。

いつか生まれる新しい学び舎では、先生に異国の民族楽器の演奏を披露していただきたいものです。そのためにも吉見先生、くれぐれも無理しすぎず、お体を大切にご活躍ください。

今度、一時帰国されるのはいつ頃でしょうか。そのときは忘れずお知らせください。またヤノケンさんのお店でお目にかかりましょう。今度はコーヒーだけでなく、おいしい食事をご一緒に。

敬具

飯島　譲

平成三〇年一一月四日

吉見　治先生

完

この作品はフィクションであり、登場する人物や団体等は、
実在のものとは一切関係ありません。

文芸社文庫

音楽学校からメロディが消えるまで

二〇二二年二月十五日　初版第一刷発行

著　者　須磨　光
発行者　瓜谷綱延
発行所　株式会社　文芸社
〒一六〇－〇〇二二
東京都新宿区新宿一－一〇－一
電話　〇三－五三六九－三〇六〇（代表）
〇三－五三六九－二二九九（販売）
印刷所　図書印刷株式会社
装幀者　三村淳

ISBN978-4-286-23470-0